Karen-Susan Fessel

Mutter zieht aus

Karen-Susan Fessel

Mutter zieht aus

konkursbuch
Verlag Claudia Gehrke

Für Mama
zum 80. Geburtstag

Anke Wegener, Sommer 1959

An einem milden Apriltag passiert meiner sechsundsiebzigjährigen Mutter das, was unzähligen Frauen ihrer Generation ebenfalls passiert und bereits passiert ist: Sie stürzt, verletzt sich schwer und zieht in der Folge aus dem Haus aus, in dem sie nach dem Weggang der Kinder und dem Tod des Ehemannes allein gelebt hat.

Dass es sich im Fall meiner Mutter nicht um den klassischen Oberschenkelhalsbruch, sondern um den Bruch des Oberschenkels und auch nicht um ein eigenes, sondern ein Mietshaus handelt, sind nur kleine Abweichungen vom Normalfall eines schleichenden Prozesses, der sich seit geraumer Zeit in unseren Breiten vollzieht. Bald wird es damit vorbei sein, die Generation meiner Mutter stirbt aus, und damit sterben auch ihre Erinnerungen. Was wird bleiben?

Vierunddreißig Jahre, die längste Zeit ihres Lebens, hat meine Mutter in dem Haus gewohnt, in dem ich die längste Zeit meiner Kindheit verbracht habe. Jetzt zieht sie aus dem Haus aus, in dem sie alt und ich erwachsen geworden bin; sie verlässt einen Ort, an dem einige Menschen glücklich waren und traurig, gelitten, gelacht, geliebt, gehofft, gebangt und gestritten haben.

Ein Haus, einst voller Leben, wird still. Es wird leer stehen, so wird es vermutlich auch bleiben, und eines Tages wird es dem Erdboden gleichgemacht werden. Ruhe wird einkehren.

Was bleibt von diesem gelebten Leben? Was nimmt meine Mutter mit aus diesem Haus, aus dieser Zeit? Was hinterlässt diese Generation alter Frauen?

Zeit, zurückzublicken. Und zugleich auch nach vorn. Bevor es zu spät ist.

1

Eigentlich war es mein Vater, der mich auf die Idee brachte.

Im Frühjahr 1997, gut ein Jahr vor seinem Tod, sprachen wir eines Abends über sein Leben, oder besser darüber, wie er darauf zurückblickte. Es ging ihm nicht gut an jenem Abend, wie seit langem. Bereits mit Anfang dreißig hatte ihn eine seltene Erbkrankheit befallen, unter der schon viele Mitglieder seiner Familie gelitten hatten. Morbus Osler ist eine Gefäßkrankheit, die sich vor allem auf die Haut und Schleimhaut auswirkt. Deren Gefäße sind dünnwandig und reißen leicht ein, sodass es zu – manchmal recht massiven – Blutungen kommt.

Bei meinem Vater verlief die Krankheit ungünstig und schwer; nach einem Verkehrsunfall, von dem er sich nicht mehr richtig erholt hatte, waren in den letzten Jahren mehrmals wöchentlich Bluttransfusionen notwendig geworden, unter denen er zusehends litt – körperlich wie auch seelisch.

Zeitlebens zur Melancholie neigend, verdichtete sich diese bei ihm nun nach und nach zu einer ausgewachsenen Depression. Sein Leben, sagte mein Vater manchmal, schien ihm so endlich, im Rückblick wiederum unendlich traurig.

An diesem Abend hörten wir gemeinsam Hildegard Knef. Ich saß auf dem Sofa, mein Vater wie üblich in seinem Korbstuhl in der Ecke des Wohnzimmers, die ihm einen ungehinderten Blick durch beide Fenster hinaus in die frisch ergrünte Natur bot. Die raue, schwermütige Stimme der Knef rührte meinen Vater zu Tränen. Ich hielt das nur schwer aus, so wie Kinder es vielleicht immer schwer aushalten, wenn Eltern ihre Verwundbarkeit in voller Gänze zeigen; noch nie hatte ich damit gut umgehen können, immer fühlte ich mich schuldig, nicht am Leid meines Vaters, sondern daran, es nicht lindern zu können.

An jenem Frühlingstag aber saß ich da und sah, wie die Tränen aus den Augen meines Vaters rannen, während er aus dem Fenster hinausblickte, und plötzlich – vielleicht, weil es das Einzige war, was ich anzubieten hatte, das Einzige, von dem ich sicher war, es zu können, nicht nur als Tochter, also privat, sondern auch beruflich, als Schriftstellerin –, plötzlich schlug ich ihm vor, sein Leben aufzuschreiben. Ein gemeinsames Projekt: Er würde erzählen, ich schreiben.

Mein Vater reagierte ganz unverblümt, zunächst verdutzt, dann erfreut, dann skeptisch: Wer, so stellte er die Frage in den Raum, wer würde das denn lesen wollen? Wen interessiere das schon?

Mich, sagte ich damals. Und meine Geschwister. Und die Enkelkinder. Die nachfolgenden Generationen. Und vielleicht, das kam mir als Ahnung, vielleicht auch noch weitaus mehr Menschen.

Warum auch nicht? Das Leben meines Vaters mag

vielleicht nicht das aufregendste und ganz sicher nicht spektakulär gewesen sein, aber es war spannend, auf seine ganz eigene Weise. Sein Weg verlief, so typisch für viele Biografien seiner Generation, nicht gerade und glatt, sondern unstet, holpernd, ruhelos, mühselig. Vielleicht gibt es kein einziges Leben, das glatt läuft, aber die Generation meines Vaters, erwachsen geworden nach dem Krieg, hatte nichts Solides, auf dem sich aufbauen ließ, kein ehernes Fundament, nur Trümmersteine und fragile Werte.

Mein Vater lachte schließlich, er fand Gefallen an der Idee, seine Augen begannen zu glänzen. Sein Leben, ein Buch! Wie absurd, wie vielversprechend, wie spannend dieser Gedanke. Was könnte er alles erzählen, wie viel seltsame Begebenheiten, und wie viel Trauriges, aber Lustiges auch!

An diesem Abend ging er beschwingt zu Bett, uns beide hatte die Abenteuerlust gepackt. Ich lag noch lange wach und dachte darüber nach, wie dieses Abenteuer anzupacken, zu bewerkstelligen sei. Ein wenig Angst vor der eigenen Courage hatte ich; wie würde ich es gestalten können, so selten, wie ich bei meinen Eltern zu Besuch war? Würde ich es durchhalten, meinen Vater reden zu lassen, in seinem eigenem, für mich stets ein wenig zu langsamen Tempo? Hätte ich die Geduld, die Konstanz, die Zeit?

Ich habe dieses Buch am Ende nicht geschrieben, mein Vater hat mir sein Leben dann nicht mehr erzählt. Wir haben dieses gemeinsame Projekt nicht in Angriff genommen. Zwei-, dreimal sprachen wir noch darüber, beide seltsam lethargisch, nicht wissend, wie damit zu beginnen sei; ich wich innerlich aus, in dem Bewusstsein, mich übernommen zu haben, nicht leisten zu können, was das Abenteuer verlangte; vielleicht hatte ich auch Angst davor, Angst, die Geschichte meines Vaters zu hören, Angst vor der Endlichkeit dieser Geschichte.

Ein Jahr später ist mein Vater gestorben, mehr oder weniger plötzlich, und bis heute fehlt er mir sehr.

Und seine Geschichte fehlt mir ebenso. Jetzt, im Nachhinein, weiß ich: Ich hätte sie gerne gehört. Und gerne geschrieben.

Damals, mit Anfang dreißig aber, war ich nicht reif genug, in mehr als einer Hinsicht. Ich habe mir nicht zugetraut, die Geschichte meines Vaters zu schreiben. Ich habe mir nicht einmal zugetraut, sie anzuhören.

Heute wäre das anders. Aber mein Vater lebt nicht mehr, seine Geschichte ist mit ihm verschwunden, nur noch in den Erinnerungen meiner Mutter und meiner Geschwister lebt sie weiter. Mein Vater war ein schweigsamer Mensch; es gibt nicht viele Personen, denen er sich anvertraut hat, nur wenige Menschen wissen Dinge über meinen Vater, die er selbst ihnen erzählt hat.

Meine Mutter aber lebt noch. Im Gegensatz zu meinem Vater hat sie zeitlebens viel erzählt und gesprochen. Ihre Geschichte zu erzählen, habe ich lange nicht in Betracht gezogen. Vielleicht dachte ich insgeheim, ihre Geschichte könne nicht verschwinden, sie habe sie ja oft genug erzählt.

Aber das stimmt nicht. Erzählen lässt sich vieles, erzählen bedeutet weitergeben, übermitteln, vermitteln. Aber manches geht dabei verloren. Jeder gibt sein eigenes dazu, interpretiert, vergisst, lässt Teile aus, kreiert seine eigene Wahrheit.

Wer erzählt, dichtet neu.

Wer aufschreibt, hält fest.

Wer schreibt, führt beides zusammen.

Schreiben ist mein Beruf. Jetzt, wo meine Mutter auf die achtzig zugeht und einen weiteren Umbruch in ihrem Leben erlebt hat, den viele Frauen ihres Alters mitgemacht haben, jetzt möchte ich nicht mehr, dass auch die Geschichte meiner Mutter womöglich mit ihr verschwindet. Und auch nicht unsere gemeinsame Geschichte.

Eine Geschichte, exemplarisch für unzählige andere, für eine ganze Generation.

2

Es ist ein kühler Apriltag, nur ein Hauch des nahenden Frühlings liegt in der Luft, als meine Mutter sich entschließt, vor dem Mittagessen das Gästebett zu beziehen. Am folgenden Tag wird ihre Freundin Eva auf dem Rückweg aus Schweden nach Österreich zu Besuch kommen; meine Mutter freut sich darauf.

Eva war schon einige Male zu Besuch, für gewöhnlich übernachtet sie im Gästebett, das im hinteren Wohnzimmer steht, wo sich auch der Schreibtisch meiner Mutter befindet.

Eigentlich hatte sich meine Mutter ein Tagesbett gewünscht, schon seit Jahren hat sie davon gesprochen, aber bislang keins angeschafft. Und so dient das alte Metallbett meines Vaters nun seit Jahren als Gästebett; wenn es nicht gebraucht wird, liegt eine Überdecke darauf, dick und schwer, in einem dunklen Violettton gehalten, dazu mehrere Kissen.

Das letzte Mal, als Eva für mehrere Tage bei meiner Mutter zu Besuch war, schlief noch unser alter Hund Purzel darunter, eine leicht übergewichtige, kurzatmige, schwarze Labrador-Schäferhund-Dame. Aber Purzel ist einige Monate danach gestorben, und seitdem lebt meine Mutter allein in dem Haus, in das wir vor vierunddreißig Jahren eingezogen sind. Es ist eine abseits der Stadt gelegene gemietete Doppelhaushälfte, schlecht isoliert, alt, mit vielen kleinen Zimmern und einem wunderbaren großen Garten, umringt von riesigen Kiefern und einigen Laubbäumen dazwischen.

Draußen, im Garten, herrscht reger Flugverkehr; unzählige Meisen und Amseln fliegen zum Vogelhaus und wieder zurück. Wenngleich der strenge Frost des langen Winters zwar endlich vorbei ist, legt meine Mutter dennoch Erdnusskerne und Meisenknödel für die bunte Vogelschar aus. Seit der Hund nicht mehr lebt, ist ihr das ein besonderes Bedürfnis geworden.

Jetzt aber ist das Vogelhaus frisch mit Futter versehen, und meine Mutter geht, Bettwäsche im Arm, auf das Gästebett zu. Sie trägt, wie oft am späteren Vormittag, noch ihr Nachthemd und dazu Hausschuhe, und am Bett angekommen, beginnt sie, die schwere Tagesdecke herunterzuziehen, um sie zusammenzufalten.

Es geht ihr gut; sie ist sechsundsiebzig Jahre alt, die Arthrose in den Knien plagt sie zwar wie üblich an Tagen, an denen das Wetter umschlägt, aber sie ist gut gelaunt und tatendurstig. Eva soll es schön haben, wenn sie kommt; nach der langen Autofahrt aus Schweden herunter nach Norddeutschland wird sie erschöpft sein, aber vielleicht können sie dennoch am Abend eine Runde Karten spielen, hofft meine Mutter. Sie spielt für ihr Leben gern, schon immer. Karten, Gesellschaftsspiele, Ratespiele; Spielen, sagt sie manchmal, Spielen ist mein Leben. Alle, die sie kennen, können das bestätigen.

Sie legt die frische Bettwäsche auf den Stuhl am Fußende des Bettes und beginnt, die Tagesdecke herunterzuziehen; das geht nur mit Mühe, die Decke ist groß und unhandlich und schwer, und so zerrt sie schweratmend am unteren Ende, bis die Decke sich mit einem Ruck von der Oberkante löst.

Reflexartig tritt meine Mutter zurück, einen Schritt nur, aber der bringt sie aus dem Gleichgewicht. Vielleicht stolpert sie über die Kante des Wollteppichs, vielleicht aber verliert sie schlicht und einfach die Balance; sie weiß es später nicht mehr. Sie weiß nur, dass sie fällt, nach hinten, und im Fallen hört sie ein Knacken, oder vielleicht spürt sie es auch mehr, als dass sie es hört, aber sie fällt, schwer und hart, wie ein gefällter Baum, auf die Seite.

Im Fallen greift sie nach der Decke, die sie immer noch hält, und krallt ihre Hände darum. Und dann liegt sie da, ganz gerade, halb auf der Seite, und über ihr schaukelt die Lampe; eine vierzig Jahre alte Lampe mit einem Schirm aus weißem bunt gemusterten Stoff, den meine Mutter ganz zu Anfang ihrer Ehe selbst genäht hat und der sie seither durch alle Wohnungen und Häuser begleitet hat, in denen sie mit meinem Vater und uns Kindern gelebt hat.

Für einen Moment liegt sie still da und betrachtet verwundert die Lampe, die über ihr schaukelt, und dann schießt der Schmerz in ihr hoch, und sie begreift, dass das, was ihr soeben geschehen ist, nicht einfach nur ein Sturz ist. Sie weiß sofort, dass etwas Schlimmes passiert ist, etwas, das Folgen haben, das alles verändern wird, und erst jetzt fängt sie an zu weinen.

Sie weint lange und sehr laut, die Tränen sind wie ein Fluss, der den Schmerz fortspülen soll und den Schrecken und die Erkenntnis, dass sie allein ist, allein diesem Geschehnis begegnen muss. Da ist niemand, der sie hört, und niemand, der ihr aufhilft, und es wird auch niemand kommen, jedenfalls nicht an diesem Tag.

Die Nachbarin, auch sie Witwe, ist vor einem guten Jahr aus der anderen Seite der Doppelhaushälfte ausgezogen; seitdem steht diese leer. Der Garten verwildert, im Sommer rankte das Gras hüfthoch; einmal ist meine Mutter mit Purzel hinübergegangen, der Hund scheute das hohe Gras, meine Mutter selbst ging ein paar Schritte hinein, kehrte um und fand ihre Beine voll Kletten, zwischen denen sich zwei Zecken verbargen, wie sie später feststellte. Seltsamerweise muss sie jetzt, da sie hier auf dem Boden im hinteren Wohnzimmer liegt, immer noch mit diesem grässlichen, harten Knacken im Ohr und dem Schmerz, der wie Feuer in ihrem Oberschenkel lodert, seltsamerweise muss sie jetzt an diesen Nachmittag im letzten Sommer denken, an das Keuchen des alten, arthritischen Hundes, der im Schatten des Schuppens geduldig auf sie gewartet hatte, an das Kribbeln auf ihrer Wade und die Leichtigkeit, mit der sie sich gebückt und die Zecken mit einem Fingerschnippen entfernt hatte.

Jetzt aber kann sie sich nicht bücken, sie kann nur daliegen und weinen und spüren, wie sehr ihr Oberschenkel schmerzt, und als sie den Kopf dreht und unters Bett sieht, entdeckt sie dort einen Ball, einen rissig gewordenen, faustgroßen Hundeball, der dort schon seit einem halben Jahr oder länger liegt, und der Anblick bringt sie noch mehr zum Weinen.

Irgendwann aber verebben die Tränen; meine Mutter ist eine tatkräftige Frau; sie weiß, dass sie etwas unternehmen muss, wenn sie nicht an dieser Stelle auf dem Fußboden im hinteren Wohnzimmer liegen bleiben und am Ende vor Entkräftung sterben will. Der Schmerz ist immer noch kaum zu ertragen; aber er hat sich verändert. Sie spürt ihn nun nicht mehr überall im Körper, sondern an der Stelle, von der er rührt: dem Oberschenkel.

Und sie weiß, was das bedeutet.

Der Klassiker. Unzählige alte Menschen, vor allem Frauen über siebzig, erleiden das jedes Jahr, und für die meisten bedeutet es den ersten Schritt auf eine steile Abfahrt, die mit dem Verlust der Mobilität beginnt, sich mit dem Verlust der Selbstständigkeit fortsetzt und dem Verlust des Lebenswillens endet.

Meine Mutter will das nicht. Und so schließt sie die Augen, beißt die Zähne zusammen und tastet nach unten. Vorsichtig greift sie unter ihren Oberschenkel, atmet tief aus und schiebt sich ein Stückchen nach vorn. In Richtung des vorderen Wohnzimmers. Dort, wo das Telefon steht.

3

Eigentlich hatte ich gehofft, es würde noch lange, lange dauern, bis meine Mutter auszöge. Insgeheim hatte ich mir sogar gewünscht, es würde niemals passieren, aber natürlich ist das Unsinn. Jeder von uns weiß, dass die eigenen Eltern alt werden und eines Tages sterben. Über die Jahre sich verändern. Eventuell ausziehen, umziehen, an einen Ort, an dem sie besser aufgehoben sind.

Aber ich hatte gehofft, meine Mutter würde länger dort wohnen bleiben, dort, wo sie vierunddreißig Jahre gelebt hat.

Doch jetzt zieht sie aus. Und das ist gut so, denn um wie viel trauriger wäre es gewesen, ich hätte eines Tages einen Anruf bekommen, in dem man mir mitteilte, sie wäre im Mietshaus am Schießplatz verstorben. Ich wäre hingefahren, um alles zu regeln, die Beerdigung, die Wohnungsauflösung, die Übergabe des Hauses, stets mit dem schmerzlichen Gefühl, schuldig zu sein. Schuldig daran, sie nicht vorher dazu bewogen zu haben, umzuziehen, an einen Ort, an dem sie nicht allein gewesen wäre, allein hätte sterben müssen.

So ist es besser. Für alle. Für jeden von uns – für mich, meine Geschwister, meine Mutter. Aber dennoch wird es seltsam sein.

Seltsam, den Ort aufzugeben, an dem ich so gern gewesen bin. Vierunddreißig Jahre zuvor sind wir dort eingezogen – ohne meinen Bruder, der, gerade achtzehn geworden, zu jener Zeit bei der Bundeswehr war.

Ich war ebenfalls achtzehn, als ich vier Jahre später das Elternhaus verließ. Meine Schwester war neunzehn, gleichzeitig sind wir gegangen.

Ich habe mein Zimmer behalten. Es weiter bewohnt, von Zeit zu Zeit, immer wieder, meine Eltern regelmäßig besucht, für ein paar Tage oder auch länger, manchmal wochenlang, dort unzählige Seiten geschrieben, einmal ein ganzes Buch. Schon als meine Eltern beide noch lebten, war ich gern zu Besuch, aber als mein Vater gestorben war und ich in der Folge meine Mutter immer öfter besuchte, wuchs meine Bindung an das Haus letztlich noch mehr. Immer wieder war ich dort, um Zeit mit meiner Mutter zu verbringen, zu arbeiten, zu schreiben, Weihnachten, Silvester zu feiern, Ferien zu machen. Allein, mit meiner damaligen Freundin, mit anderen Freunden. Mit meinen Geschwistern, meiner Schwester und meinem Schwager und dann meinen Nichten, für die das Haus ebenfalls ein zweites Zuhause darstellte. Der letzte temporäre Bewohner, der gern mit mir dort war, ist der Sohn meiner Lebensgefährtin, sechs, sieben, acht Jahre alt, genoss er die gelegentlichen Aufenthalte dort. Aber das ist nun vorbei.

Und nun steht nicht nur meine Mutter vor einem neuerlichen, vielleicht letzten Umbruch in ihrem Leben, sondern auch ich, im dritten Quartal meines Lebens angekommen, stehe nun vor der großen Herausforderung loszulassen, meine Jugend loszulassen, oder besser: den Ort, an dem ich sie verbracht habe. Und festzustellen, dass ich immer noch keinen Platz gefunden habe, an dem ich mich ebenso heimisch fühle wie dort, in diesem kleinen, verwinkelten, nicht sonderlich komfortablen Mietshaus mitten im Wald.

Wohl fühle ich mich, in Berlin, wo ich nun seit über dreißig Jahren lebe, auch an anderen Orten, die ich besucht habe, in Deutschland, in Schweden, in den verschiedenen Stipendienstätten, in denen ich teils Monate verbracht habe. Aber das Gefühl von Heimeligkeit habe ich in dieser Stärke nur in jenem kleinen, abgewohnten Mietshaus am Schießplatz verspürt. Heimat verbinde ich ausschließlich mit diesem Haus.

Noch habe ich keinen vergleichbaren Ort gefunden. Vielleicht finde ich ihn nie. Vielleicht finde ich ihn aber auch erst, wenn ich loslasse.

Also ist dieser Umzug, jetzt, nicht nur eine Chance für meine Mutter.

Sondern auch für mich.

4

Die ersten Erinnerungen an mein Leben habe ich, als wir aus Breslau nach Łódź umgezogen sind. Das war 1940.

Von meiner Mutter weiß ich, dass ich eine schwere Geburt war. Sie hat viel unternommen, um mich auf die Welt zu bringen. Geburtstermin war der 2. Juli, aber ich kam gesund am 16. Juli 1936 an, rotgesichtig, mit schwarzen Haaren! Das war eine Sensation. Blond war angesagt.

Ich wuchs mit meinem Bruder Friedrich und zwei weiteren Mädchen, Brita und Gesche, in Breslau-Bischofswalde auf.

1940 zogen wir nach Litzmannstadt, heute Łódź. Wir wohnten zuerst in der Schlageterstraße in einem Mietsblock, zogen dann aber in ein eigenes Haus in die Falklandstraße 5a. Wir hatten einen großen Garten mit vielen Bäumen, Blumen und Rasen zum Spielen und Toben. Wir durften immer unsere Freunde mitbringen. Es war eine beglückende Zeit.

1942 kam ich in die Zimpel-Schule. Zwei weitere Mädchen kamen dazu, 1942 Maren, 1943 Thyra.

1944 wurden wir evakuiert und mussten vor den herannahenden Russen fliehen, weil wir kinderreich waren. Wir wurden bei Bekannten in Breslau aufgenommen.

Bei Luftangriffen gingen wir schnell in die Keller. Die Kleidungsstücke musste ich abends immer ordentlich auf den Stuhl vor meinem Bett legen, damit ich mich bei Bombenalarm schnell anziehen konnte.

Von mir kann ich sagen, dass ich ein sehr ordentlicher Mensch bin.

(Handschriftliche Notiz meiner Mutter, 2013)

Familie Wegener, ca. 1948

5

Meine Mutter ist das zweite Kind von sieben Geschwistern und zugleich das älteste Mädchen – ein Nachteil in jeder Beziehung, wie sich im Laufe ihres Lebens zunehmend und immer wieder neu erwiesen hat.

Zur vollen Tragweite gelangte ihr nachteiliger Rang in der Geschwisterreihenfolge aber erst in Kriegszeiten, als es um die Verteilung des kargen Essens ging. Zunächst nämlich passte die Geburt einer Tochter nach der Ankunft des ein Jahr zuvor geborenen Stammhalters sehr gut ins Bild einer angesehenen deutschen Familie jener Zeit – der nationalsozialistisch geprägten Vorkriegszeit nämlich. Erst ein Sohn, dann eine Tochter und dann eine weitere bunte Schar gesunder, munterer Kinder, so sollte es sein. Und so ähnlich kam es dann auch – nur dass die bunte Schar ausschließlich aus weiteren Mädchen bestand.

Ob meine Großeltern sich über die Geburt ihrer ersten Tochter sehr gefreut haben? Und über die Geburten ihrer weiteren fünf Töchter?

Ich weiß es nicht, ich habe meine Großeltern, insbesondere meine Großmutter, nie danach gefragt. Vielleicht hätte ich es eines Tages getan, aber die Gelegenheit dazu bekam ich nicht mehr. Meine Großmutter starb, als ich neun Jahre alt war, mein Großvater viele Jahre nach ihr, kurz nachdem ich mein Studium abgeschlossen hatte. Aber ihn hätte ich vermutlich ohnehin nicht nach seinen Gefühlen in Bezug auf seine älteste Tochter ausgeforscht, zum einen, weil wir uns nicht sonderlich nahestanden, zum anderen, weil er als althergebrachter Patriarch kaum Zugang zu seinem Innenleben gewährte. Und, was vielleicht noch schwerwiegender ins Gewicht fiel: Ich glaubte als junge Frau ohnehin, genau Bescheid über sein Familien- und Frauenbild zu wissen. Fröhlich und herzlich war mein Großvater, aber eben durch und durch nationalsozialistisch geprägt, wie ich aus den Erzählungen meiner Mutter und meinen eigenen Beobachtungen entnommen zu haben meinte.

Vielleicht entsprang dieses vermeintliche Wissen jugendlicher Selbstüberschätzung, aber die Fakten sprechen dafür. Mein Großvater verschrieb sich früh dem nationalsozialistischen Gedanken; bereits 1932, so belegen es Akten des Bundesarchivs in Berlin, war er Mitglied der SA und trat im folgenden Jahr der NSDAP bei. In seinem späteren Berufsleben war er im NS-Ärztebund organisiert und wurde Sanitätsobersturmbannführer der SA.

Was genau aber tat er in der Zeit des Nationalsozialismus? In der Literatur über meinen Großvater wird dieses Kapitel nahezu ausgespart, und er selbst hat offenbar auch nie darüber gesprochen. Zwar taucht sein Name auf Kriegsverbrecher-Suchlisten der polnischen Behörden auf, seine Akte wurde offenbar auch an die Kriegsverbrecher-Kommission der Vereinten Nationen weitergeleitet. Die etwaigen Taten aber, die zu diesen Anschuldigungen geführt haben, bleiben bis zum heutigen Tag unklar. Eine Beteiligung meines Großvaters an Menschenversuchen konnte bis heute nicht belegt werden. Und es ist auch nie Anklage gegen ihn erhoben worden.

Erst 2006 wurden seine Verbindungen zum Nationalsozialismus bekannt und sorgten innerhalb der Familie, insbesondere unter seinen Kindern, für viel Aufruhr, der sich bis heute nicht ganz gelegt hat.

Mögen Beweise auch fehlen, Hinweise auf ein nationalsozialistisch geprägtes Menschenbild bei meinen Großeltern gab es immer schon – nicht zuletzt auch die stets wiederholte Aussage meiner Mutter, ihre Eltern seien enttäuscht gewesen, dass sie bei ihrer Geburt nicht blond war, sondern dunkelhaarig.

Ich verstehe das als Metapher für die grundlegende Enttäuschung über ihre eigene Persönlichkeit, die meine Mutter als Kind bei ihren Eltern wahrgenommen hat.

Und vielleicht aber hat sie schlicht und einfach auch recht, mit dem, woran sie sich erinnert.

Anke Wegener und Mutter Sophie im Juni 1937 in Breslau

6

Meine Mutter kam am 16. Juli 1936 in Breslau zur Welt, gut ein Jahr nach ihrem älteren Bruder Friedrich, der den Namen seines Vaters und Großvaters trägt. Im Gegensatz zu diesen beiden wurde der dritte Friedrich kein Arzt, sondern Gärtner, auch das wohl eine lebenslange Enttäuschung für seinen Vater, der für seinen einzigen und erstgeborenen Sohn nach Höherem gestrebt hatte.

Der Vater meines Großvaters war Arzt und Chirurg in Bremen gewesen, wo er seine spätere Frau, die Gymnastiklehrerin Thyra Cecilia Thydén, Tochter eines Stockholmer Kaffeegroßhändlers, kennenlernte.

Nach der Hochzeit im schwedischen Gävle zog das Ehepaar 1905 nach Varel, wo Dr. Wegener senior seine Praxis eröffnete. Drei Kinder vervollständigten das Familienglück: mein späterer Großvater Friedrich, Paul und Brita, die zweisprachig aufwuchsen. Thyra Thydén sprach zwar sehr gut Deutsch, unterhielt sich aber mit ihren Kindern und Kindeskindern vorrangig auf Schwedisch.

Mein Großvater sprach fließend schwedisch; auch meine Mutter und ihre Geschwister beherrschten die Sprache in jungen Jahren sehr gut; und ich selbst trat dieses Erbe ebenfalls an, indem ich später auf eigene Faust schwedisch lernte – bis heute bleibt dies die Fremdsprache, die ich am besten beherrsche.

Es ging das Gerücht, dass der Vater meines Urgroßvaters wiederum einst ein großes Gehöft besessen, dieses aber aufgrund seiner Trunksucht verspielt hatte, sodass Frau und Kinder sich mühsam durchs Leben hatten schlagen müssen. Immerhin aber war mein Urgroßvater dennoch Arzt geworden, und auch sein ältester Sohn schlug denselben Berufsweg ein, allerdings nach allerlei Hindernissen.

Der junge Friedrich nämlich galt als aufsässiger Schüler und musste mehrfach die Schule wechseln. In Varel schließlich bestand er 1926 das Abitur, um sogleich zum Studium nach München zu ziehen. Nach zwei Semestern Biologie wechselte er zur Medizin und zog nach dem Physikum wieder nach Norden: In Kiel legte er 1932 das ärztliche Examen ab und arbeitete bis zum Frühjahr 1933 als Medizinalpraktikant am Institut für Pathologie der dortigen Universität.

Irgendwann in dieser Zeit lernte er meine Großmutter kennen, die junge Handarbeits- und Gymnastiklehrerin Sophie Madsen, die der deutschen Minderheit im dänischen Apenrade angehörte.

Sophie Madsen war auf einem Gutshof aufgewachsen – als sogenanntes Kuckuckskind, ein – wie so oft – gutgehütetes Geheimnis in Familie und Nachbarschaft. Die Scham darüber muss tief gesessen haben, meine Großmutter hielt die Tatsache, einem Fehltritt entsprungen zu sein, streng geheim, weder ihren Kindern noch ihrem eigenen Mann vertraute sie sich an. Ausschließlich eine Cousine wusste Bescheid, ein undichtes Loch, aus dem das Geheimnis dann doch nach und nach heraustropfte.

Als jüngstes von vier Kindern genoss meine Großmutter jedoch nicht in etwa eine besonders bevorzugte Stellung, im Gegenteil: Ihre Mutter empfand die Existenz der jüngsten Tochter eher als Last. Als die beiden mittleren Kinder 1918 der Spanischen Grippe zum Opfer fielen, deutete sie das als Strafe Gottes für ihren Fehltritt und wurde schwer gemütskrank.

Der leibliche Vater meiner Großmutter war, was ihre Situation besonders brisant machte, ein unmittelbarer Nachbar und ebenfalls deutschstämmige Bauer, mit dessen Familie auch später ein enger Kontakt bestand. Die weitverstreuten Mitglieder seiner Sippe waren es dann später auch, die der jungen Flüchtlingsfamilie Wegener in Kriegszeiten vorübergehend eine Bleibe boten.

Das Verhältnis meiner Großmutter zur Familie ihres Vaters blieb stets ein wenig undurchschaubar und sonderbar; meine Großmutter schien sich der Familie ihres leiblichen Vaters gegenüber minderwertig gefühlt zu haben; kein ungewöhnliches Empfinden sicherlich für ein nie offiziell anerkanntes Kind.

Doch davon unbeeinträchtigt begann das junge Ehepaar Wegener, sich ein eigenes Leben aufzubauen. Kaum verheiratet, zogen die beiden 1935 nach Breslau, wo mein Großvater sich anschickte, einer der bedeutendsten Pathologen der Medizingeschichte zu werden.

Zunächst aber arbeitete er am Pathologischen Institut der Universität Breslau, als erster Assistent des Professors für Pathologie, Martin Staemmler.

Gleich im ersten Jahr seiner dortigen Tätigkeit wurden die beiden Jungverheirateten Eltern; 1935 kam der Erstgeborene Friedrich zur Welt, gut ein Jahr später folgte Anke, die, wie in der Familie überhaupt und bei allen folgenden Kindern üblich, einen nordisch anmutenden Vornamen bekam; der Name Anke ist eine niederdeutsche Kurzform von Anna.

Auf einem Foto aus ihren ersten Lebenstagen blickt mir ein pausbäckiges, sehr gesund wirkendes und überaus niedliches Baby mit großen Augen entgegen. Besonders augenfällig aber ist der üppige, wilde, dunkle Haarschopf – eine überwältigende Haarpracht, die siebenundzwanzig Jahre später auch bei der Geburt meiner älteren Schwester den gesamten Kreißsaal in Verblüffung setzte.

Meiner Schwester ist dieses üppige Haar allerdings, im Gegensatz zu meiner Mutter, erhalten geblieben; seit ich mich erinnern kann, klagt meine Mutter über ihr dünnes, spärlich sprießendes Haar. Babyhaar, das sie jetzt, im Alter, tatsächlich vorweisen kann, als Baby aber nicht im Geringsten besaß.

Die wenigen anderen Fotos aus der Säuglingszeit meiner Mutter zeigen meine strahlende Großmutter, die mir viel zu jung für ihre Aufgabe scheint, schon zwei Kinder großzuziehen, und das in einer fremden Stadt, in einem fremden Land, fernab der dänischen Heimat. Mitte zwanzig war sie bei der Geburt ihrer ersten beiden Kinder, die rasch aufeinander folgten, und so sollte es bleiben: fast im Jahresabstand eine Geburt, und dann – Krieg, Vertreibung und Flucht.

Mit Mitte zwanzig hatte ich in Berlin gerade mein Studium abgeschlossen, mit der Arbeit an meinem ersten Buch begonnen und genoss mein Leben, vor allem mein Liebesleben, in vollen Zügen. Nach einer Reihe von Beziehungen mit Männern in jüngeren Jahren hatte ich mich inzwischen der Frauenwelt zugewandt, Partys, Ausgehen, Amüsement gehörte für mich zur Tagesordnung. Zwei Kinder in diesem Alter? Familie? Drohender Krieg? Undenkbar für mich, für meine Generation.

Gerne wüsste ich mehr – ach was: wenigstens etwas! – darüber, wie es meiner Großmutter damals erging, was für Hoffnungen, Wünsche sie hegte. Hat sie sich gefreut, hatte sie Angst, oder beides im Wechsel? Was hat sie bewegt, was ihr zu schaffen gemacht? Was hat sie sich für ihren Sohn, ihre Tochter, später dann für die fünf folgenden weiteren Töchter gewünscht?

Über meine Großmutter und ihre Vergangenheit weiß ich nur wenig – im Gegensatz zu meinem Großvater nämlich, der als Koryphäe auf dem Gebiet der Pathologie gilt und den jeder deutsche Mediziner zumindest dem Namen nach kennt, ist seine erste Ehefrau in keinem Lexikon verzeichnet.

Ihren eigenen Kindern gegenüber galt sie als streng und in gewisser Weise auch unnahbar; aber ich erinnere mich daran, dass sie zu uns Enkelkindern immer sehr lieb war – gewiss herzlicher als zu ihren eigenen Kindern, vor allem aber zu ihrer ältesten Tochter Anke, mit der sie in deren Kindheit und Jugend immer wieder aneinandergeriet.

Doch sie hatte offenbar auch andere, meist verborgene Seiten: eine ausgeprägte Fröhlichkeit und die Lust an Tanz und Musik; Seiten, die sie in ihrer Ehe kaum mehr ausleben konnte. Meine Großmutter, so sieht es nicht nur meine Mutter, hat sich ihrem Mann untergeordnet und ihr Leben auf die Erziehung der Kinder und das Führen eines repräsentativen Haushaltes ausgerichtet.

Erst später, als sie im fortgeschrittenen Alter begann, als Krankenhauslehrerin schwerkranke Kinder zu unterrichten, gewann sie offenbar etwas mehr Eigenständigkeit. Für Tanz und Vergnügungen war es da aber ein wenig zu spät; meine Mutter hat ihre Mutter nie ausgelassen erlebt, nur ihre jüngste Schwester Sigrid berichtete davon: Gern stelle ich mir die beiden vor, wie sie bei einem Besuch meiner Großmutter bei meiner Tante Sigrid auf den Brücken von Berlin ausgelassen getanzt und gelacht haben.

Meine Mutter aber erinnert sich an ihre eigene Mutter vorrangig als gestrenge, stets erschöpfte Person – kein Wunder vermutlich bei sieben Kindern, die fast im Jahresabstand zur Welt kamen. Und auch mit ihrem Vater hatte meine Mutter kein sehr nahes, liebevolles Verhältnis. Nie scheint meine Mutter den Vorstellungen ihrer Eltern genügt zu haben; »Anke, unser Dummchen« wurde sie, so berichtete sie, genannt, kritisiert wegen ihres lauten Lachens, ihrer schlechten Noten, ihrer taillenlosen Figur und ihres aufmüpfigen Wesens.

Woher meine Mutter eigentlich ihre tiefe Menschlichkeit, ihren Gerechtigkeitssinn nimmt, ist mir oft ein Rätsel. Mir sind viele Menschen begegnet, die das Zu-kurz-gekommen-Sein wie ein unablegbares Stigma durchs Leben tragen. Unzufriedenheit, Bitterkeit und ein latenter Zug zur unterschwelligen Bösartigkeit sind ihnen fast ausnahmslos gemein.

Meine Mutter hingegen, die auf jeden Fall zu kurz kam, mag zwar zu spitzen Bemerkungen, einer gewissen Altersgrimmigkeit und Dauerschimpfen neigen, aber dennoch hat sie sich offenbar erfolgreich gegen eine pessimistische Lebenshaltung, die meist aus den Entbehrungen der Jugendzeit entspringt, zur Wehr setzen können.

Vielleicht glaube ich gerade deshalb an das Gute im Menschen, denn meine Mutter, so denke ich manchmal, ist ein Beispiel dafür, dass sich auch unter ungünstigen Voraussetzungen, im Schoß einer kühlen, strengen Familie ein guter, warmherziger Charakter herausbilden kann.

Und vielleicht lässt er sich schon früh entdecken: auf einem der wenigen Babyfotos meiner Mutter. Hier sehen wir Klein-Anke, wenige Monate alt, auf einem

Lammfell liegen, die winzigen Fäuste geballt, den charakteristisch eigensinnigen Ausdruck im Gesicht, mit dem sie fortan durchs Leben gehen wird: »Na und? Was kümmern mich die anderen Leute!«, scheint sie zu denken, und zugleich, kaum merklich, verrät ihr trotziger Blick auch diese ewige, nie versiegende Sehnsucht: »Nehmt mich doch so, wie ich bin! Habt mich einfach lieb!«

7

Das Telefon und damit die nahende Hilfe befinden sich in nahezu unerreichbarer Ferne, im vorderen Wohnzimmer; gut sechs Meter sind es nur bis dahin, aber diese sechs Meter bilden nun eine fast unüberwindbare Hürde.

Andererseits weiß meine Mutter, dass sie diese Hürde überwinden muss, weil ihr schlichtweg keine andere Möglichkeit bleibt. Sofern sie überleben will.

Und das will sie. Also macht sie sich auf den Weg. Nachdem der erste Schreck gewichen ist und sie eine Möglichkeit gefunden hat, den Schmerz in ihr Denken zu integrieren, sodass er eher ein Teil ihrer Psyche statt ihrer Physis wird, macht sie sich nun daran, eine Methode zu entwickeln, sich möglichst vorsichtig nach vorn zu bewegen. Unglücklicherweise liegt sie mit den Füßen in Richtung Telefon, sodass kein Drehen und Wenden des Körpers möglich sein wird. Also muss sie sich selbst nach vorn schieben, und das gelingt ihr, indem sie ebenjene Decke, über die sie gestolpert ist, nun zu ihrer Rettung benutzt.

Sachte, mit fest zusammengebissenen Zähnen, schiebt sie die Decke unter ihre Hüfte, wozu sie den schmerzenden Oberschenkel ein wenig anheben muss; ein schier unermesslicher Kraftakt, der aber gelingt. Ihr

Nachthemd ist beim Sturz hochgerutscht, nun aber hat sie einen gleitfähigeren Untergrund geschaffen, und auf diesem bewegt sich meine Mutter in den folgenden knapp drei Stunden Millimeter für Millimeter vorwärts, wobei sie sich eines simplen Tricks bedient: Erst zieht sie die Decke ein wenig voran, dann drückt sie den Oberkörper mit beiden Händen vom Boden ab und schiebt sich vorwärts.

Alle paar Zentimeter hält sie inne und versucht, ruhiger zu atmen. Draußen steigt die Sonne am Aprilhimmel höher, wirft goldenes Licht in die Zimmer, die meine Mutter so viele Jahre bewohnt hat und die sie jetzt, aber das weiß sie natürlich in diesen Stunden noch nicht, nur noch ein einziges Mal für wenige Tage wiedersehen wird.

In diesen Stunden ist sie nur damit beschäftigt, sich unter Kontrolle zu halten, mit dem eigenen Körper zu kämpfen, erst gegen ihn und dann mit ihm. Was sie hört, sind nicht die gelegentlich vorbeirollenden Autos, die Stimmen der wenigen Radfahrer, die zur Mittagszeit von der nahegelegenen Erprobungsstelle nach Hause fahren und eine knappe Stunde später wieder zurück; auch nicht die Rufe des aufgebrachten Eichelhähers hört sie, der mit einigen Rabenkrähen um seinen angestammten Futterplatz streitet; sie hört nur das Pochen ihres eigenen Herzens, das Pfeifen ihres Atems, das Schaben der Unterkanten ihrer Hausschuhe auf dem Teppichboden, wenn sie wieder ein paar Millimeter weiter nach vorn gerobbt ist, und das unterdrückte Weinen, das immer wieder in ihrer Kehle aufsteigt.

Und dann rückt das Bücherregal an der Ecke in ihre Sichtweite, der Fernsehsessel, schließlich das antike Tischchen. Dort oben steht das Telefon, eineinhalb Armlängen entfernt. Aber wie soll sie es erreichen?

Lange hält sie inne, schöpft Kraft, sieht aus dem Fenster in den strahlenden Aprilhimmel hinaus; es ist ein schöner Tag, es wäre ein schöner Tag, für sie aber ist es der Tag, der alles verändern wird, an dem ihr Leben eine weitere, entscheidende Wende nehmen wird, und später ist sie sich nicht sicher, ob dies vielleicht die letzte, entscheidende Wende sein wird.

Eine Weile liegt sie ruhig da, spürt dem pochenden Schmerz in ihrem Bein nach und der Tatsache, dass ihre Kräfte zur Neige gehen, dann fasst sie einen Entschluss, der ein Wagnis ist. Aber eines, das sie eingehen muss.

Mit einer schier unermesslichen Kraftanstrengung hebt sie den linken Fuß über den rechten hinweg, hakt ihn hinter das nächsterreichbare Tischbein und zieht es mit einem Ruck vorwärts.

Meine Mutter weiß nichts von Winkelberechnung und Flächenparametern, aber das Wagnis gelingt. Der Tisch kippt, stürzt schräg nach vorn, bleibt am Lesesessel hängen und verharrt halb in der Luft, während alles, was darauf steht, nach vorne geschleudert wird und herunterfällt, teils auf den Sessel, teils auf den Boden, in den schmalen Winkel zwischen Sessel, Wand und dem Rumpf meiner Mutter. Viel ist es nicht, was da fallen kann. Ein Becher mit drei Stiften, ein weißes Spitzendeckchen, das Telefon. Die Basisstation schlägt auf dem Polster des Lesesessels auf und landet unsanft auf dem

Boden, bleibt aber unbeschädigt. Das Handstück fällt weicher.

Meine Mutter muss nur die Finger ausstrecken. Dann hält sie das rettende Gerät darin.

Dennoch braucht sie eine gute Viertelstunde, bis sie in der Lage ist, die entsprechende Nummer zu wählen.

Sie wählt nicht den Notruf. Stattdessen sucht sie im Kurzwahlspeicher die Nummer der Freundin heraus, von der sie mit an Sicherheit grenzender Wahrscheinlichkeit annehmen kann, dass sie zu Hause ist. Sie entscheidet sich für die Nummer der Freundin, von der sie weiß, dass sie umgehend alles stehen und liegen lassen und zu Hilfe eilen wird. Und so wählt sie die Nummer ihrer Freundin Anna.

Später erklärt sie, sie habe natürlich nicht den Notruf gewählt, sondern Anna angerufen, weil sie nicht im Nachthemd von fremden Sanitätern abgeholt werden wollte. In den knapp zwei Stunden, in denen sie sich mühselig vorwärts gerobbt hat, ist ihr klar gewesen, dass sie ins Krankenhaus eingeliefert werden und mehr noch, dass sie dort vermutlich eine längere Zeit verbringen wird. Dem will sie nicht unvorbereitet entgegensehen.

Anna, das weiß meine Mutter, kennt sich in ihrer Wohnung und in ihren Sachen aus, ihr wird sie erklären können, wo die Wäsche liegt, die sie mitzunehmen denkt, wo sich die passenden Hygieneartikel befinden und vor allem die Kleidung, bei der anzulegen ihr Anna wird behilflich sein müssen.

Wie erwartet, ist Anna tatsächlich zu Hause und nimmt beim zweiten Klingeln ab. In wenigen Worten schildert meine Mutter ihr die Lage, und Anna macht genau das, was meine Mutter vorausgesehen hatte: Sie lässt alles stehen und liegen und setzt sich ins Auto.

Aber nun steht die nächste Hürde an: der Weg zur Haustür.

Meine Mutter hat nicht vor, die Öffnung der Tür einem Schlüsseldienst zu überlassen. Diese Kosten lassen sich schließlich vermeiden. Wenn sie die zwei Stunden bis zum Telefon bewältigt hat, dann wird sie es auch noch eine weitere Stunde bis zu Tür schaffen.

Und so setzt sie sich erneut in Bewegung.

8

Durchhalten, auch wenn die Bedingungen widrig sind. Nicht aufgeben: das große Credo einer ganzen Generation, deren Kindheit früh aus den Fugen geriet und in Krieg und Hunger endete.

Die Frauen im Alter meiner Mutter haben sich durchgebissen, sie mussten sich durchbeißen, um zu überleben, und das hat sie geprägt. Weich, wirklich weich und nachgiebig ist kaum eine von ihnen, und der Hunger ist für immer geblieben. Hunger nach Nahrung, Hunger nach Liebe, nach Sicherheit, nach Zugehörigkeit.

Alle haben sie durchgehalten, alle aus dieser Generation, die heute noch leben.

Durchhaltewillen – heutzutage wird diese Eigenschaft vorrangig Männern zugeschrieben, die sich im Beruf an die Spitze durchkämpfen.

Sicher, auch das ist hart und schwer, aber kaum zu vergleichen mit dem schier unerschöpflichen Durchhaltewillen der Frauen der Kriegsgeneration. Den einen ging und geht es um das berufliche Vorankommen und damit einhergehend um die Befriedigung eigener Bedürfnisse; den anderen ging und geht es um das Überleben, die schiere Existenz, die eigene und die ihrer Familienmitglieder.

Und natürlich hat auch mein Großvater wie die Männer seiner Generation vieles aushalten müssen, hat durchhalten müssen. Kriegseinsatz, Soldatentum, Gefangenschaft, Wiederaufbau, Armut, Hunger, die Sorge um eine große Familie – schwere Zeiten. Doch bevor diese anbrachen, hat er bereits auf eine andere Art großen Durchhaltewillen, großen Ehrgeiz bewiesen – in beruflicher Hinsicht. Eine Leistung, für die er ausgezeichnet, bewundert und gerühmt wurde.

Und wie die meisten anderen erfolgreichen Männer hatte er zu Hause eine Frau, die ihm den Rücken freihielt, das Heim in ein behagliches Zuhause verwandelte und bei gesellschaftlichen Anlässen glänzte. Und die sich um die stetig wachsende Kinderschar zu kümmern hatte.

Ihren Beruf als Gewerbe- und Gymnastiklehrerin hatte meine Großmutter mit ihrer Heirat aufgegeben. Erst im Alter von fünfzig Jahren wurde sie wieder, aus Geldmangel, als Lehrerin an einer Grundschule tätig, was sie mit tiefer Befriedigung erfüllte. Zunächst aber, als junge Ehefrau und Mutter, widmete sie sich ganz und gar der stetig wachsenden Familie.

Nein: Keine Frau wird immer und ausnahmslos Freude daran finden, sich Jahr um Jahr um die Nachkommenschaft zu kümmern. Windeln, Geschrei, Streitereien unter den Kindern, Tränen, Krankheiten, dauerhafte Störung auch dann, wenn man einmal ein paar Minuten für sich abgezweigt hat. Essen kochen, Wäsche waschen, trösten, schlichten, pflegen. Kein vernünftiges Gespräch, keine Ablenkung von außen.

Küche und Kinder: Das verlangt wahres Durchhaltevermögen. Auch und vor allem dann, wenn es keinen Spaß macht und keine Lorbeeren bringt.

Gute Leistungen, das lernen wir heutzutage früh, bringen uns Belohnungen ein: Lob, Befriedigung, Anerkennung, Geld.

Die Leistungen der Frauen der Kriegsgeneration haben ihnen allerdings kaum dergleichen eingebracht. Vielleicht aber Glück – wenn sie denn Glück hatten ...

Auch ich bin in meinem Leben dem Leistungsgedanken stringent gefolgt, allerdings dem eher männlich konnotierten: Ich habe, wenn man es so nennen mag, Karriere ohne Kinder gemacht, Abitur, ein Studium, die selbstständige Arbeit als freiberufliche Schriftstellerin, Dozentin, Journalistin; ich bin viel gereist, aufgetreten, war frei und nur für mich selbst verantwortlich. Auch ich habe viel Durchhaltevermögen und Ehrgeiz bewiesen, vor allem, wenn es um meine künstlerische Arbeit ging. Ansonsten gerate ich bei emotionalen Irritationen schnell aus dem Gleichgewicht. Wie mein Großvater übrigens auch, wie meine Mutter berichtete.

Auch ich bin emotional nicht sonderlich belastbar, aber ehrgeizig und ambitioniert. Und ich habe auf meine Art Glück: Denn ich bin eine Frau und besitze damit per se größere Leidensfähigkeit und weniger Wehleidigkeit.

Ja, auch mein Großvater hatte sicher einiges auszuhalten, vor allem in späteren Jahren.

Zunächst aber machte er offensichtlich das, was ihm am meisten Freude bereitete, und das mit großem Ehrgeiz: forschen.

9

Bereits während seiner Arbeit am Pathologischen Institut in Kiel hatte mein Großvater verschiedene sogenannte granulomatöse – durch das Auftreten knötchenartiger Zellgebilde gekennzeichnete – Erkrankungen kennengelernt. In Breslau befasste er sich weiter eingehend mit diesem Krankheitsbild, wobei er speziell drei Patienten mit verschiedenen Symptomen wie Nierenversagen, Rhinitis und systemischer Vaskulitis in den Fokus nahm und über sie eine erste wissenschaftliche Analyse verfasste.

Die Ergebnisse seiner Untersuchung stellte er im September 1936 erstmals auf der 29. Tagung der Deutschen Pathologischen Gesellschaft in Breslau vor und äußerte die Vermutung, dass es sich um ein sogenanntes granulomatöses Krankheitsbild eigener Art handele. Drei Jahre später benannte er dies als »rhinogene« oder auch »pneumogene Granulomatose«.

Zwar galt er damit als »Entdecker« dieses Krankheitsbildes, die heute geläufige Bezeichnung »Wegener'sche Granulomatose«, die allen Medizinstudenten ein Begriff sein dürfte, setzte sich allerdings erst in den sechziger Jahren durch.

Im September 1936 also hielt mein Großvater jenen elementar bedeutsamen Vortrag, der seinen Ruf als einen der wichtigsten deutschen Pathologen begründete, gut zwei Monate nach der Geburt seiner ältesten Tochter.

Wie viel Zeit hat er wohl in diesen ersten Lebenswochen mit ihr verbracht? Hatte er neben seinen Forschungen überhaupt Gelegenheit, sich um seine kleine Familie zu kümmern? Ist die Geburt vielleicht gar ein wenig untergegangen im Trubel um seine bahnbrechende Entdeckung?

Während meine Großmutter sich zu Hause um Kinder und Haushalt kümmerte, unterstützt von Kindermädchen und Hauspersonal, arbeitete mein Großvater bis 1939 weiter als erster Assistent Martin Staemmlers und leitete daneben stellvertretend die Pathologie am Wenzel-Hanke-Krankenhaus und am Allerheiligenhospital. Zusätzlich übernahm er vielfältige Lehrverpflichtungen, zum Beispiel Vorlesungen für Studenten der Medizin und Zahnmedizin, darunter einen Sektionskurs, einen histologischen Kurs und einen speziellen Pathologiekurs für Zahnmediziner. Darüber hinaus arbeitete er als Lehrer für Histologie, Anatomie und Mikrotechnik an der Schule für Medizinisch-Technische Assistentinnen.

Mit Sicherheit hatte der vielbeschäftigte Mediziner wenig Zeit für seine Familie, die ungeachtet dessen stetig anwuchs: 1937 und 1939 kamen zwei weitere Töchter, Brita und Gesche, zur Welt.

Karriere mit vier kleinen Kindern – einer Frau, seiner Frau wäre das in der damaligen Zeit und vielleicht auch heute nicht möglich gewesen, auch nicht mit viel Unterstützung durch entsprechendes Personal. Kein Wunder, dass meine Mutter sich aus den ersten Jahren ihrer Kindheit so gut wie gar nicht an ihren Vater erinnert.

Bei Kriegsausbruch wurde mein Großvater als Unterarzt eingezogen. Er machte zunächst den Polenfeldzug mit und war dann offenbar bis zum Kriegsende als Wehrmachtspathologe des Heeres im Armee- und Zivildienst an Kriegslazaretten in und um Łódź tätig, das kurz nach seiner Ankunft 1939 in Litzmannstadt umbenannt wurde. Die Familie folgte ihm 1940 dorthin.

Łódź, zu jener Zeit die zweitgrößte polnische Stadt, war bereits im November 1939 dem deutschen Reich einverleibt worden. Im Februar 1940 wurden die Altstadt von Łódź sowie das Elendsviertel Baluty und die Vorstadt Marysin zum festen Ghettogelände erklärt und die Juden der Stadt – an die 170.000 Menschen – dorthin getrieben. Am 30. April 1940 erfolgte dann die endgültige, hermetische Absperrung.

Meine Mutter erinnert sich nicht daran, aber sie weiß noch, dass ihr Bruder ihr von den vielen Leuten hinter der hohen Mauer am Ende der Straße erzählte.

Es gibt keine Hinweise darauf, dass mein Großvater dort tätig war. Es gibt aber auch kaum Hinweise darauf, was genau er zwischen 1940 und 1945 im besetzten Polen machte. Seine Kriegslaufbahn ist im Detail nicht explizit zu eruieren.

Und was machte meine Großmutter in der Kriegszeit? Die ersten Jahre versuchte sie, mit den Kindern das ruhige Leben einer Oberschichtsfrau weiterzuführen. Dann aber, als die Umstände sie dazu zwangen, nahm das gute Leben ein jähes Ende. Die russischen Truppen rückten näher, und meine Großmutter ging auf die Flucht.

10

Im Jahr 2010, bei einem ihrer Besuche in Berlin, besuchte ich mit meiner Mutter die Wanderausstellung »Das Gesicht des Ghettos« mit Fotos jüdischer Fotografen aus dem Ghetto Litzmannstadt zwischen 1940 und 1944.

Die Ausstellung zeigt die ausweglose Situation im Ghetto, die Verzweiflung in den Gesichtern der auf engstem Raum zusammengepferchten Menschen und ihre Bemühungen, sich einen Rest an Würde zu bewahren.

Mit einem dumpfen Gefühl der Ohnmacht im Bauch betrachtete ich die Fotos der in Lumpen gekleideten Erwachsenen und die großen Augen der abgemagerten Kinder. Eine Berliner Schulklasse versammelte sich vor einer Stellwand und lauschte mehr oder minder konzentriert den Ausführungen eines ihrer Klassenkameraden, der seine Rechercheergebnisse zum Thema »Ghetto« mit kippender Stimme vortrug. Ich warf einen Blick zu meiner Mutter, die erst das Foto auf der Stellwand betrachtete, das zwei hungernde Kinder vor einer rissigen Mauer zeigte, und dann die Jugendlichen, von denen einige miteinander tuschelten und verstohlen kicherten.

Ich konnte ihren Blick nicht deuten, und für einen Moment sah ich meine Mutter mit anderen Augen, mit den Augen einer Nachgeborenen, die eine Zeitzeugin betrachtet. Eine Zeitzeugin, die Schrecken gesehen und erfahren hat, die kaum nachfühlbar sind. Plötzlich erschien mir meine Mutter wie mit einer Weisheit gefüllt, die sich aus Leiden und Schmerz nährt, und ich spürte förmlich die lange Zeit, die sie bereits gelebt hatte.

Mit der nie zu beantwortenden Frage, wie viel ein Mensch ertragen kann, drehte ich mich wieder zu der Wandtafel zurück und sah auf die beiden Kinder in ihren zerschlissenen Mänteln, die dem jüdischen Fotografen, der sie im offiziellen Auftrag des Judenrates fotografiert hatte, bittend die schmutzverkrusteten Hände entgegenhielten.

Auch diese beiden, vermutlich seit Jahrzehnten toten Kinder waren Zeitzeugen. Sie hatten höchstwahrscheinlich nicht überlebt, waren dem brutalen Vernichtungswillen der Nationalsozialisten zum Opfer gefallen.

Aber sie hatten einstmals gelebt, genau zur selben Zeit, in der auch meine Mutter unweit von ihnen gelebt hatte, nur getrennt durch ein paar Straßenzüge und eine Mauer. Meine Mutter war genauso alt gewesen wie diese beiden Kinder, als das Foto entstanden war. Sie hatte in derselben Stadt gewohnt, war über dasselbe Kopfsteinpflaster gewandert, bevor das Ghetto vom Rest der Stadt abgeriegelt worden war. Sie hätten sich durchaus begegnen, miteinander sprechen und spielen können, und vielleicht hatten sie auch genau das getan.

Vielleicht hatte eines dieser Kinder ursprünglich im Haus nebenan gewohnt, vielleicht hatten sie beim selben Bäcker Brot gekauft, hatten um denselben Baum herum Ringelreihen getanzt, in derselben Zinkwanne geplanscht.

Meine Mutter und diese Kinder waren Zeitgenossen gewesen. Sie hatten ähnliche Erfahrungen geteilt, die gleichen Mäntel getragen, das gleiche Schuhwerk, gleiche Frisuren. Sie hatten dieselbe Sonne über sich aufgehen sehen, denselben Regen gespürt, denselben Wind in den Haaren.

Nur: Diese Kinder waren Vergangenheit. Meine Mutter aber war Gegenwart. Sie trug all das mit sich herum, die verborgenen Erinnerungen und die bewussten.

Und sie hatten sie geformt.

Wie viel davon war noch lebendig?

11

Meine Mutter war eine Schönheit in Kiel. Und in diese Schönheit hat sich mein Vater verliebt.

Ich weiß nicht, wie sie sich kennengelernt haben in Kiel-Holtenau. Sie war Lehrerin, er war ein großer, sportlicher Mann.

Meine erste Erinnerung?

Ich habe als kleines Mädchen einen großen Luftballon geschenkt bekommen. Mit dem bin ich ums Haus gelaufen, und auf einmal war der weg. Ich weiß nicht, was da passiert ist. Ich hab ihn überall gesucht, aber nicht gefunden.

Ich glaube, er ist geplatzt. Aber damals habe ich das für mich nicht so wahrgenommen, ich dachte, ich muss nur schnell genug laufen, dann finde ich ihn schon.

In der Schlageterstraße hatten wir hinter dem Haus viele Meerschweinchen in Holzställen.

Zur Schule ging ich in einem dunkelblauen Mäntelchen mit weißem Kragen und Gamaschen im Winter, die ich schrecklich fand.

Ich kannte nur deutsche Kinder, keine polnischen. Meine Freundin hieß Brigitte Sawitzki, und dann hatte ich einen Freund, der mich immer besuchte, Haro Hess, mit einem Leiterwagen, in dem er mir zu meinem Geburtstag lauter Knöpfe brachte. Er war blond, und ich war dunkel.

Wir sind damals alle drei zusammen in die Schule gekommen.

Ich habe Brigitte Sawitzki immer an der Ecke getroffen. Ich kann mich erinnern, dass ich einen schönen Lederranzen hatte. Einmal bin ich spazieren gegangen und gar nicht zur Schule. Ich musste immer durch einen Park, und da war ein Kind in den Brunnen gefallen, und da habe ich zugesehen, wie sie das Kind gerettet haben.

Da musste ich mich dann bei der Lehrerin entschuldigen.

(Aus einem Interview mit meiner Mutter, 2015)

12

Zentimeter für Zentimeter robbt sie sich vorwärts: um den Sessel herum, am umgestürzten Tischchen vorbei, durch den Rahmen in den kleinen Flur, von dem eine Tür ins Schlafzimmer und eine in den Keller abgehen. Dazwischen die Treppe nach oben, am Ende eine Stufe: hier geht es in ein weiteres Flurstück, rechts liegt die Küche, links wartet die Tür.

Aber dorthin muss sie erst einmal kommen. Vorbei am Sessel, entscheidet sie sich zu einem Wendemanöver. Langsam, im Zeitlupentempo, schiebt sie den Oberkörper nach vorn, mit zusammengebissenen Zähnen.

Draußen hupt ein Wagen, ein zweiter antwortet mit drei schnellen Huptönen, Motoren heulen auf, dann ist wieder alles still. Meine Mutter atmet tief ein und hält inne. Der Schmerz ist kaum zu kontrollieren, aber er hat sich verändert; jetzt fühlt er sich hohl an, wie ein hartes, nagendes Hungergefühl. Dieses Gefühl kennt sie; es hat sie all die Jahrzehnte begleitet, immer wieder ist es aufgetaucht, vor vollen Tellern, in der Großküche des Krankenhauses, in der sie ihre Ausbildung gemacht hat, vor den überquellenden Regalen eines Supermarkts.

Hunger war Teil ihrer Welt, als sie klein war, ein ständiger Begleiter, und jetzt, auf dem Boden im

Wohnzimmer, mit dem dünnen roten Teppich, den sie und ihr verstorbener Mann damals zum Einzug in ihr Reihenhaus gekauft haben, jetzt scheint ihr dieses Gefühl fast willkommen. Es ist etwas, das sie kennt, etwas Vertrautes, ein Gefühl, an dem sie sich festhalten kann.

Und an noch etwas kann sie sich festhalten: Mit beiden Händen packt sie die Rahmen rechts und links, zieht sich nach vorn. Fast ist sie verwundert, wie leicht das auf einmal geht; es scheint, als ob ihr Körper in den beiden vergangenen Stunden um ein Vielfaches leichter geworden wäre. Und doch sprengt ihr der Schmerz fast den Kopf, wimmernd atmet sie aus, beißt die Zähne noch fester zusammen, zieht sich weiter voran.

Der Flickenteppich im Flur wölbt sich unter ihrem Rücken, dient ihr als Rutschhilfe, dank ihrer langen Arme kann sie das Rohr unter dem Heizkörper an der linken Wand greifen, sich weiter vorwärts ziehen, den nächsten Rahmen ergreifen. Dann hält sie inne.

Jetzt kommt das schwierigste Stück: Es gilt, die Stufe zu überwinden. Nur wie geht das mit einem gebrochenen Bein?

Denn dass es gebrochen ist, das ist ihr klar. Sie hat immer noch das Knacken im Ohr, der Schmerz sitzt wie ein blutiger Abdruck hinter ihrem Gaumen. Es hilft nichts, noch gut einen Meter muss sie bewältigen. Und zwanzig Zentimeter Höhenunterschied.

In diesem Moment klingelt es an der Tür. Und dann ist eine Stimme zu hören. Die hohe, helle Stimme ihrer Freundin Anna: »Anke?«

Ihre eigene Stimme ist wie ein Hauchen; es gelingt ihr nicht, sie zu haben, sie muss dreimal ansetzen, bis sie ein Krächzen hervorbringt. In den vergangenen Stunden ist ihr die Stimme versiegt, und als es ihr endlich möglich ist zu antworten, scheint der Klang der eigenen Stimme ihr fremd.

»Anke?«, ruft Anna erneut. »Anke? Wo bist du?«

»Hier«, sagt sie. Und dann, noch einmal, lauter: »Hier bin ich! Fast an der Tür.«

Einen Moment bleibt es still, dann ruft Anna, sehr laut und überdeutlich artikuliert: »Das schaffst du schon, Anke! Das schaffst du!«

13

Das schaffst du schon!« – genau das wird sich auch meine Großmutter während ihrer strapaziösen und gefährlichen Flucht mit sechs Kindern, von denen das jüngste noch keine eineinhalb Jahre alt war, gesagt haben.

Im Mai 1944 hatte das traute Familienleben in Łódź ein Ende. Der Krieg und damit die Russen kamen näher, und die deutschstämmigen kinderreichen Familien wurden evakuiert. Für meine Großmutter ging es mit den sechs Kindern erst mal zurück nach Breslau, wo sie zunächst bei Bekannten unterkamen, dann eine eigene Wohnung bezogen.

Das Leben in Breslau, dem sogenannten »Luftschutzkeller Deutschlands«, war in den ersten Kriegsjahren kaum beeinträchtigt worden, von einem einzigen Luftangriff durch russische Bomberpiloten im November 1941 einmal abgesehen. Aus den weiter westlich gelegenen Städten, die schon stark unter den Bombenangriffen der Briten und Amerikaner zu leiden hatten, wurden viele Bewohner nach Breslau und in die Provinz Niederschlesien evakuiert. So war die Stadt allmählich zur Millionenstadt angewachsen.

Im August 1944 erklärte Hitler höchstpersönlich Breslau in einem Geheimbefehl zur »Festung«. Die feindlichen Kräfte sollten hier gebunden werden, um den Vormarsch der Roten Armee auf die Reichshauptstadt so lange wie möglich aufzuhalten – faktisch das Todesurteil für viele andere Städte im Osten, wie Königsberg, Kolberg oder Glogau. Breslau aber hatte in diesen Kriegstagen nicht mehr viel Wehrhaftes zu bieten, es mangelte an jeglicher Logistik, Lazaretten, Waffen, Munition, insbesondere aber an Soldaten.

Festungskommandant Krause schlug Gauleiter Karl Hanke im Dezember 1944 vor, die Breslauer Zivilbevölkerung evakuieren zu lassen. Doch Hanke, im festen Glauben an den Endsieg, lehnte strikt ab und ließ alle möglichen Kämpfer einziehen. Erst am 20. Januar 1945 wurde der Befehl zur Evakuierung gegeben, und der Massenexodus von über 600.000 Menschen begann, viel zu spät.

Unzählige Menschen starben in einer Massenpanik, allein auf dem »Freiburger Bahnhof«, dessen Gleise in den Westen führten, wurden an diesem Tag 24 Kinder unter den Füßen der Flüchtenden zertreten und von den Waggons überrollt.

Meine Großmutter und ihre Kinder waren zu diesem Zeitpunkt bereits geflüchtet und entgingen diesem grausamen Schicksal. Um die Weihnachtszeit herum waren sie von ebenjenem Freiburger Bahnhof abgereist, mit dem Zug über Stettin nach Wismar, wo sie auf einem Hof von Mitgliedern der Familie ihres leiblichen Vaters zunächst Aufnahme fanden.

Erst 1948, mit dem Einzug in das Haus in Israelsdorf bei Lübeck, fand die Flucht der Familie Wegener ihr

Ende. Kaum eines der Kinder kann sich später an Details erinnern. Alles bleibt bruchstückhaft, verschwommen. Wann was genau geschah – niemand weiß es mehr wirklich. Meine Großeltern sind tot, und mein Onkel, meine Mutter und meine Tanten waren zu klein, um Erhellendes beizutragen. Das einzige halbwegs aufschlussreiche Dokument ist ein handgeschriebener Lebenslauf, den mein Großvater für seinen damals dreizehnjährigen Sohn als Schulaufgabe verfasste.

14

Am 15. April 1935 wurde ich in Kiel geboren. Mein Vater war damals Assistent am Pathologischen Institut der Universität. Er wurde im selben Jahr an das Institut in Breslau versetzt, und wir zogen dorthin.

Wir wohnten bis 1940 in Bischofswalde. Ich kann mich noch genau an das Haus und den Garten erinnern, in dem ich mit meinen Schwestern spielte.

Ich war damals sehr lange schwer krank. Um wieder gesund zu werden, musste ich mit meiner Mutter und den Geschwistern für fast ein Jahr nach Kiesewald im Riesengebirge ziehen. Dort lebten wir in einem kleinen Haus auf einem Berg an einem Birkenwäldchen.

Als der Krieg ausbrach, waren wir, meine Mutter, die Geschwister und ich, gerade zu Besuch bei den Großeltern in Kiel. Mein Vater holte uns mit dem Auto ab, und wir fuhren in zwei Tagen nach Breslau zurück.

Mein Vater wurde sofort als Soldat eingezogen und machte den Feldzug in Polen mit.

Er blieb als Arzt im Lazarett in Litzmannstadt. Eines Tages kam er nach Breslau und sagte, dass wir nach Lodsch ziehen sollten. Zwei große Möbelwagen fuhren vor, aller Hausrat wurde von den Packern aufgeladen, und los ging's.

In Litzmannstadt wohnten wir zuerst in der Schlageterstraße. Hier hatten wir Kinder ein sehr großes Zimmer, in dem wir herumtollen konnten. Oben im Haus wohnte ein baltischer Arzt, der hatte fünf Kinder, mit denen wir jeden Tag spielten.

Später zogen wir in die Falklandstraße 5a. Dort hatten wir ein eigenes Haus für uns allein und einen großen, schönen Garten mit vielen Bäumen und Blumen. Als ich sechs Jahre alt war, kam ich in die Volksschule in der Ziegelstraße.

In Litzmannstadt war es sehr schön. Wir Kinder waren traurig, dass wir 1944 mit allen anderen kinderreichen Familien wegen der herannahenden Russen fortziehen mussten. Mein Vater blieb allein zurück.

Wir kamen nachts mit wenig Gepäck in Breslau an und wurden bei Bekannten in Bischofswalde untergebracht. Später kamen wir in eine leerstehende Wohnung. Hier blieben wir bis Weihnachten.

Meine beiden ältesten Schwestern und ich gingen in Zimpel zur Schule. In dieser Zeit erlebten wir einen Luftangriff auf Bischofswalde. Mehrere Häuser in unserer Nähe wurden getroffen. Dabei wurden mehrere meiner Schulkameraden getötet.

Auch aus Breslau mussten wir fort. Wir sollten zuerst aufs Land nach Niederschlesien, doch wurden wir von Bekannten eingeladen, auf ihren Hof bei Wismar zu kommen. Dorthin fuhren wir mit dem Zuge über Stettin. Wir Kinder hatten unser eigenes Zeug in Rucksäcken mit, meine Mutter trug einen großen Sack mit Bettzeug.

Auf dem Hof Schulenbrook bekamen wir ein großes Zimmer, eine Küche und eine Glasveranda als Wohnung.

Wir gingen in Metelsdorf zur Schule. Eines Tages kam mein Vater auf Urlaub. Er war jetzt Truppenarzt in Straußberg bei Berlin. Er war bis zum Einmarsch der Russen in Litzmannstadt gewesen und hatte zu Fuß bis Kalisch flüchten müssen. Er erzählte uns Kindern, dass wir nun kein Haus und keine Möbel mehr besäßen. Dann fuhr mein Vater wieder ab, und wir hörten nichts mehr von ihm.

In den letzten Kriegstagen kamen viele Flüchtlingstrecks auf den Hof. Einmal waren Ruhrkranke dabei. Meine beiden jüngsten Schwestern wurden angesteckt, wurden todkrank und kamen nach Schwerin.

Plötzlich hieß es: »Die Russen kommen!« Meine Mutter holte meine immer noch kranken Schwestern aus Wismar. Wir kamen mit Kühen und Kisten auf einen Lastwagen. Der Fahrer wollte uns nicht mitnehmen. Erst, als meine Mutter ihm unseren Herd und die Briketts gab, durften wir aufsteigen. Dann sausten wir nach Lübeck und hatten viel Angst vor den Tiefffliegern und den Kühen auf dem Wagen.

Bis Timmendorfer Strand ging die Fahrt. Wir wurden mit unserem Gepäck abgeladen und saßen auf der Straße. Meine Mutter weinte. Schließlich kamen Menschen und brachten uns in ein Lager. Später kamen wir in die Veranda einer Pension.

Eines Tages waren die Engländer da, und unser Haus sollte geräumt werden. Daraufhin zog meine Mutter mit uns nach Pönitz am See in ein kleines, kaltes und feuchtes Haus. Der Krieg war zu Ende, wir warteten auf meinen Vater.

Der kam plötzlich eines Abends an. Er war in der Tschechei in amerikanische Gefangenschaft geraten. Er wurde im September 1945 entlassen und hatte uns in Kiel bei den Großeltern gesucht. Deren Haus war bei einem Bombenangriff zerstört worden; meine Großmutter war nach Timmendorf gezogen, das erfuhr mein Vater in Kiel und hatte es nun leicht, uns wiederzufinden.

Mein Vater blieb bei uns, konnte aber zunächst nicht als Arzt tätig sein. Während des ersten Winters nach dem Kriege hungerten wir sehr, dann wurde mein Vater Deputatarbeiter, und wir bekamen genug zu essen.

Meine Geschwister besuchten die Volksschule in Gronenberg. Ich musste zwei Jahre lang jeden Tag nach Lübeck fahren, um das Katharineum besuchen zu können. Morgens um fünf Uhr stand ich auf und hatte eine Stunde bis zum Bahnhof zu gehen. Nachmittags fuhr ich nach Scharbeutz und war abends wieder zu Hause.

Im Frühjahr 1948 wurde mein Vater Oberarzt am Pathologischen Institut der städtischen Anstalten in Lübeck. Im Oktober zogen wir nach Israelsdorf.

(Lebenslauf meines Onkels, verfasst von seinem Vater, um 1948)

15

Ein einfacher Lebenslauf, der scheinbar ruhig und gelassen von großen Schrecknissen erzählt, die eine Kinderseele erfahren hat. Hinter der Stimme meines Onkels höre ich die Stimme seines Vaters sprechen, der ja aus seiner Sicht berichtet hat. Ob die beiden zusammengesessen und den Lebenslauf gemeinsam entworfen haben?

Die Stimme der Vernunft ist hier zu hören: Durch diese schweren Erlebnisse musste man eben hindurch. Ob Kind, oder Erwachsener – es hieß durchzuhalten.

Durchgehalten hat mein Onkel, doch die Flucht, die Kriegserlebnisse, die ständige Angst, die Not der Eltern, der Hunger, die ewige physische und psychische Unsicherheit haben Spuren hinterlassen, wie bei so vielen Kriegskindern.

Dazu kam sicherlich noch die Bürde, als ältester und einziger Sohn besondere Verantwortung zu tragen, nicht nur für die jüngeren Schwestern, sondern auch für die Träume, Hoffnungen und Wünsche der Eltern.

Und so steht die Handschrift meines Großvaters über dem Leben meines Onkels, er hat dessen Leben geleitet, geführt, in Bahnen gelenkt. Mein Großvater hat nicht nur den Lebenslauf seines Sohnes geschrieben, sondern gleichsam diktiert.

Was mein Onkel aber wirklich gefühlt hat auf der langen und beschwerlichen Flucht, kann ich so zwischen den Zeilen nicht lesen.

Meine Mutter aber weiß noch genau, was sie gefühlt hat: vorrangig Angst.

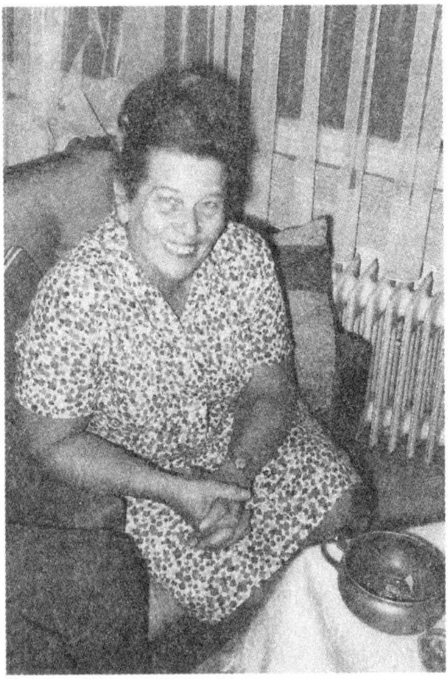

Sophie Wegener, Ende der sechziger Jahre

16

Meine Mutter war sehr streng, aber auch lieb. Aber sehr streng. Ich musste immer viel aufräumen. Jeden Abend musste ich meine Sachen zusammenlegen, sehr ordentlich, auf einen Stuhl vorm Bett. Aber das habe ich eigentlich gern gemacht. Die Sachen mussten so liegen, dass man sie bei Fliegeralarm gleich wieder anziehen konnte.

(Handschriftliche Notiz meiner Mutter, 2014)

Fliegeralarm – verstörende, traumatische Erinnerungen für Kinder wie auch für Erwachsene in damaligen Kriegszeiten. Die Gefahr kam aus dem Himmel, und niemand war vor ihr sicher.

Meine Mutter erinnert sich an ihre unermessliche Angst während der Flucht, immer wieder wurden die Flüchtlinge, ob zu Fuß, auf Lastwagen oder mit dem Zug unterwegs, von russischen Kampffliegern beschossen.

Später, als die vorübergehend vaterlose Familie in Timmendorf unterkommt, spielt mein Onkel Friedrich am 3. Mai 1945 gerade am Strand, als britische Luftgeschwader in einem Großangriff weit über hundert Schiffe, die in der Kieler und Lübecker Bucht lagen, in Brand schießen und dabei teilweise versenken, darunter auch die Cap Arkona mit knapp 4.000 KZ-Häftlingen an Bord.

An der Aktion, die vermeintliche Truppenabsetzbewegungen der Deutschen verhindern soll, sind gut 200 britische Jagdbomber beteiligt; die brennenden Schiffe sind weithin sichtbar, auch am Timmendorfer Strand, wo meine Mutter mit ihrer Familie vorübergehend einquartiert worden ist.

Noch heute sieht meine Mutter die dröhnenden Tiefflieger über den Kopf ihres Bruders hinwegrasen, noch heute spürt sie das Herzklopfen und die bodenlose Angst, die sie damals empfand.

Weitaus traumatischer aber ist ihr eine überaus gefährliche Situation auf der Flucht von Breslau nach Wismar haften geblieben: Der Stettiner Bahnhof ist kurz zuvor von Tieffliegern beschossen worden und steht in Flammen, als der Zug aus Breslau mit meiner Großmutter und ihren sechs Kindern an Bord einfährt. Hier, in Stettin, heißt es umsteigen in den nächsten Zug, der die Familie und die zahllosen anderen Flüchtlinge aus dem Osten weiter nach Westen bringen soll.

Meine Mutter aber, wie ihre Geschwister mit einem karierten, eigens von der Mutter für die Kinder genähten Rucksack versehen, in dem ihre nötigste Habe und das Essgeschirr verstaut sind, steht wie gebannt von den Flammen noch auf dem Bahnsteig, als der Zug nach Wismar bereits anfährt. Im unübersichtlichen Gewimmel ist sie von ihrer eigenen Mutter schlichtweg aus den Augen verloren, vielleicht auch vergessen worden. Nur der Aufmerksamkeit eines anderen Flüchtlings ist zu verdanken, dass sie nicht auf dem brennenden Bahnhof zurückbleibt: »Du gehörst doch auch zu den vielen Kindern mit den karierten Rucksäcken, oder?«, ruft er der Achtjährigen zu, hebt sie kurzerhand hoch und rennt mit ihr zu dem bereits rollenden Zug, um sie mit letzter Kraft zu dem Abteilfenster zu heben, aus dem ihre schockierten Geschwister lauthals und in heller Panik nach ihr rufen. Gerade noch rechtzeitig können sie mit vereinten Kräften ihre Schwester zu sich ins Abteil hineinziehen.

Tief eingebrannt hat sich meiner Mutter diese Situation, der Schrecken, das Bewusstsein darüber, um ein Haar zurückgeblieben, vielleicht gar dem Tod geweiht zu sein. Aber auch das Bewusstsein, vergessen worden zu sein, von der eigenen Mutter. Die kleineren Geschwister, aber auch der Bruder, der einzige Junge, so hat sie es damals empfunden, sind wichtiger als sie, das älteste Mädchen, das zugunsten der anderen immer zurückstehen, immer verzichten muss.

Diese Erfahrung zieht sich durch ihr gesamtes Kinder- und Jugendleben, und vielleicht ist meine Mutter deshalb auch so laut und auffällig präsent geworden: damit niemand mehr sie jemals wieder übersieht.

17

Unbewusst weitergegebene Kriegstraumata zählen zu den großen Themen der jüngeren Zeit. Unzählige Seminare und viele in den letzten Jahren erschienene Bücher befassen sich mit dieser Erscheinung, die im Kern auf der These beruht, dass verdrängte traumatische Erfahrungen der Kriegskinder unbewusst an ihre Nachkommen weitergegeben werden und bei diesen ihrerseits für Probleme sorgen: innere Unruhe, das Gefühl, das Leben nicht eigenständig führen zu können, immer auf dem Sprung zu sein, sich nicht festlegen zu können, von unerklärlichen Ängsten getrieben zu sein.

Ob unsere schnelllebige, sinnsuchende moderne Gesellschaft hier nach Erklärungsmustern und neuen Deutungen für eigene Schwierigkeiten sucht, sei dahingestellt – dass die heute alten Menschen, die zu Kriegszeiten Kinder gewesen sind, enorme Schwierigkeiten gehabt haben dürften, ihre Erfahrungen zu verarbeiten, daran besteht mit Sicherheit kein Zweifel. Den meisten ist es mehr schlecht als recht gelungen; sie sind erwachsen geworden, haben ihrerseits Kinder bekommen, ihr Leben gemeistert – und fast immer über die Kriegszeiten und ihre Erlebnisse geschwiegen. Oft genug sicherlich auch, weil sie einfach keine Worte dafür fanden.

Wie soll man das Unglaubliche beschreiben, wie den abgrundtiefen Schrecken? Und was nützt es, die Erinnerungen wieder und wieder aufzuwühlen?

Von schlimmen Erlebnissen zu berichten, heißt auch, andere Menschen damit zu konfrontieren und die Schrecknisse auf diese Weise an sie weiterzugeben. Das ist nicht immer hilfreich, manchmal sogar kontraproduktiv.

Und: Die vorigen Generationen waren lange nicht derart darauf aus, ihr Innerstes zu ergründen, wie die heutigen. In unserer Zeit dreht sich alles um die eigene Befindlichkeit, darum, nachzuspüren, was uns zu dem gemacht hat, was wir sind. Dabei werden auch kleinere und kleinste als störend empfundene seelische Belange genauestens seziert und so manches damit aufgewertet und auch aufgebauscht. Etwas existenzgefährdend Schlimmes ertragen, aushalten, womöglich klaglos durchleben und überwinden, das wollen und können – und müssen – die wenigsten.

Krankheiten, auch seelische, sind die Geißeln und großen Schrecken unserer heutigen zivilisierten Welt; sie waren es auch früher, aber Kriege und materielle Not, Hunger und Flucht sind Erfahrungen, die wir in Deutschland heutzutage nicht mehr erleiden müssen.

Die Spätfolgen bei den traumatisierten Kriegskindern treten erst jetzt, im Alter, zutage. Die Grauen des Krieges rücken wieder in den Vordergrund, wenn das Kurzzeitgedächtnis dahinschmilzt. Mitten unter uns leben Zigtausende alte Menschen, die nachts schweißgebadet aufwachen, weil sie sich wieder darin erinnern, wie die kleine Schwester auf dem Flüchtlingstreck verhungert und am Wegesrand notdürftig begraben worden war, während Tiefflieger über die verängstigten, in Lumpen gekleideten Flüchtlinge hinwegdonnerten.

Vor diesem Hintergrund ist es besonders erschreckend, dass gerade älteren Menschen oftmals eine notwendige psychologische Betreuung verwehrt bleibt – wenn sie denn überhaupt in der Lage wären, diese anzunehmen.

Untersuchungen aus dem Jahr 2014 zeigen, dass Psychologen und Psychiater ihre Mühe lieber auf junge Menschen verwenden, deren Behandlung eher von Erfolg gekrönt sein dürfte als die eines alten, vielleicht auch verbitterten Menschen, der im Verhältnis dazu nur noch wenig Lebenszeit vor sich hat. Und der oftmals nicht in der Lage ist, über Gefühlsangelegenheiten zu sprechen – denn die Kriegskinder haben gelernt, ihre Erfahrungen allein mit sich auszumachen. Und der damalige Drill – *Sei hart wie Kruppstahl! Ein deutscher Junge weint nicht!* – hat sein Übriges dazu getan.

»Damals im Russlandfeldzug hatten wir bei eisigen Temperaturen noch nicht mal Schuhe. Und dennoch haben wir uns nicht beklagt!«, erklärte der Vater meiner gleichaltrigen Freundin, als sie wegen eines aufgeschlagenen Knies weinte.

Als ich mit meinem eigenen Vater über eine mögliche psychotherapeutische Behandlung wegen seiner sich mit zunehmendem Alter verstärkenden Depressionen sprach, winkte er ab. »Zu spät«, sagte er. »Dafür bin ich zu alt. Und wer soll sich schon für mich interessieren?«

Dass es sich um eine falsche Fragestellung handelte, fiel mir damals dabei gar nicht auf. Vielleicht, weil mein Vater schlichtweg davon ausging, dass ein freiwillig geführtes Gespräch zwischen zwei Personen grundsätzlich darauf beruhte, dass beide sich füreinander interessierten. Bis zum Aufkommen psychotherapeutischer Behandlungen gab es dafür ja auch keinen anderen Grund. Und schon gar nicht den, die eigene Befindlichkeit in den Vordergrund stellen und bearbeiten zu wollen.

Wir haben es damals dabei belassen; ob eine therapeutische Behandlung meinem Vater hätte helfen können, sei dahingestellt. Fakt ist, dass seine seelischen Beschwerden zum Teil auf seine Kindheit während der Kriegszeit zurückzuführen waren. Mitunter ist es nicht allzu schwierig, bestimmte Nöte mit Kindheitserfahrungen in Beziehung zu setzen.

Bei meiner Mutter ist ein konkreter Zusammenhang sehr deutlich zu erkennen: Ihre stete Furcht, zu spät zum Zug zu kommen, hat unmittelbar mit der Schreckenserfahrung zu tun, im Winter 1944 auf dem brennenden Stettiner Bahnhof um ein Haar zurückgelassen worden zu sein.

Wenn es ans Verreisen, zumal mit dem Zug, ging, geriet meine Mutter schon immer stets lange vorher in helle Aufregung, die sich fast in Panik steigern konnte. Lange vor dem früh angesetzten Abfahrtszeitpunkt waren schon alle Taschen gepackt und bereitgestellt, und noch vor kurzem ertappte ich meine Mutter dabei, wie sie eine halbe Stunde, bevor wir zum Bahnhof aufbrechen wollten, vollständig bekleidet, mit geschlossener Jacke und Mütze auf dem Kopf, vor der Tür wartete: »Müssen wir nicht los? Wir müssen doch los, oder?«

Die Unruhe beim Verreisen, die Angst davor, zu spät und dann nicht mitzukommen, ist ihr geblieben; mehr noch, sie hat sie weitergegeben, nicht als unbewusstes Kriegstrauma, sondern als vorgelebte Sorge, an mich und meine Schwester. Auch wir sind immer in Sorge, zu spät zum Bahnhof, zum Flughafen zu kommen, auch wir sind immer zu früh.

Aber es wird besser: Nachhaltig beruhigt hat mich seinerzeit die lapidare Feststellung meiner damaligen Freundin, wir seien doch schließlich in Mitteleuropa, wo man, selbst wenn man den letzten Zug verpassen sollte, immer irgendwo eine Unterkunft findet oder Hilfe herbeiholen kann. Recht hat sie; wir in unseren zivilisierten Staaten in den gemäßigten Klimazonen ohne Raubtiere und giftige Insekten sind grundsätzlich in Reichweite von Hilfe und Schutz. Wir leben eben nicht in der Wildnis, so wie unsere Eltern die damaligen Kriegszeiten als Wildnis erlebt haben.

Nicht zuletzt durch diese Bewusstmachung lässt meine Unruhe in dieser Hinsicht mit steigendem Alter nach; ich habe gelernt, meine Reisen besser zu kalkulieren. Zu spät zu kommen aber kann ich bis heute nicht leiden, ich bin ein sehr pünktlicher Mensch – vielleicht ja eine positive Umkehrung des weitergereichten Kriegstraumas meiner Mutter.

Bei meiner Mutter aber ist keinerlei abschwächender Gewohnheitseffekt eingetreten, die Vernunft kapituliert jedes Mal wieder vor der Übermacht der frühen Ängste. Und mehr noch: Sie wird immer weitergegeben.

Auch meine Nichten lungern nervös Stunden vor der Abfahrt im Flur herum und stehen viel zu früh am Bahnhof, wenn sie eine Reise antreten.

18

Es dauert eine weitere Viertelstunde, bis meine Mutter die Tür erreicht und geöffnet hat. Und nochmals einige weitere lange Minuten, bis sie sich wieder so weit davon entfernt hat, dass Anna die Tür vorsichtig aufstoßen und sich durch den engen Spalt zwängen kann. Behutsam setzt sie einen Fuß über ihre am Boden liegende Freundin hinweg und sucht einen sicheren Stand, bevor sie sich zu ihr hinunterbeugt. Meine Mutter ist heilfroh, das Gesicht ihrer Freundin vor sich zu sehen. Jetzt ist das Schlimmste vorbei. Alles kommt wieder in Ordnung.

Nicht jetzt, aber irgendwann.

Fürs Erste ist sie gerettet.

Sie wird nicht sterben. Jedenfalls jetzt noch nicht. Und schon gar nicht in ihrer eigenen Wohnung am Waldesrand, allein, ängstlich, von unerträglichen Schmerzen und Durst geplagt.

Jetzt ist Anna da, und bald wird weitere Hilfe kommen.

Anna sieht erschrocken, aber gefasst aus. Sie hat genug Zeit gehabt, sich vorzubereiten, auf den Anblick ihrer alten Freundin, auf das, was sie nun erwartet. Mit festem Griff schließt sie die Tür und bückt sich, tastet vorsichtig das Bein ihrer Freundin ab, hält dann wieder inne. Es gibt Wichtigeres zu tun. Sie holt ein Kissen, bettet den Kopf meiner Mutter und ihre Schulter möglichst bequem, dann holt sie ein Glas Wasser und flößt es ihr langsam ein. Und die ganze Zeit über spricht sie beruhigend auf sie ein, mit ihrer hohen, hellen Stimme, die an stillen Sommertagen, wenn sie im Garten meiner Mutter sitzt, schon von weitem zu hören ist.

Meine Mutter wird zusehends ruhiger, Annas Anwesenheit tut ihr wohl; langsam weicht der erste Schrecken, der so lange unvermindert angehalten hat. Und das Adrenalin weicht aus ihren Adern, macht einer nahezu gefassten Geschäftigkeit Platz, der es gelingt, die Schmerzen ein wenig zurückzudrängen. Mit leicht zittriger Stimme erklärt meine Mutter Anna, welche Sachen sie nun für sie einpacken soll: Hygieneartikel, Unterwäsche zum Wechseln für drei Tage, zwei Nachthemden, ein Buch, ihr Portemonnaie. Ihr und auch Anna ist klar, dass ihr Aufenthalt im Krankenhaus vermutlich länger dauern wird, als sie sich jetzt vorzustellen vermag. Sie will für alle Eventualitäten gerüstet sein.

Anna beeilt sich, das Gewünschte zusammenzutragen, sie legt es sorgfältig in den kleinen Rollkoffer, den ich meiner Mutter im Jahr zuvor geschenkt habe und den sie mit Mühe und unter Zuhilfenahme eines Stuhles vom Kleiderschrank im Schlafzimmer herunterholen muss. Meine Mutter sieht vom Flur aus zu, erteilt kurze Anweisungen und verhält sich ansonsten ruhig. Das ist ungewohnt für Anna; meine Mutter hat meist etwas zu erzählen, sie redet gern, fragt viel, schöpft stimmlich aus dem Vollen. Doch jetzt sitzt sie still da, an die Wand gelehnt.

Ab und zu sieht Anna nach ihr, während sie alles Gewünschte erledigt; dann, schließlich, als sie fertig ist und den Koffer geschlossen hat, bittet meine Mutter sie, ihr beim Anziehen zu helfen.

Anna holt die Kleidungsstücke: Unterwäsche, einen bequemen Pullover, weiche Socken und eine Trainingshose, die ein wenig zu weit ist, sich aber jetzt einigermaßen leicht über das verletzte Bein schieben lässt. Gleichwohl schmerzt es extrem stark, und nicht nur meine Mutter muss die Zähne zusammenbeißen, als Anna vorsichtig den Stoff Stück für Stück ein wenig höher und am Ende über die Stelle zieht, an der die Schmerzen nahezu unerträglich werden.

Schließlich ist es geschafft. Meine Mutter, fertig angekleidet – auch Hausschuhe hat Anna ihr angezogen –, legt den Kopf zurück in das Kissen und schließt die Augen. Ein erschöpftes, kurzes Lächeln umspielt ihre Mundwinkel, dann erschlaffen ihre Züge. Anna betrachtet sie für einen Moment besorgt, dann setzt sie sich neben sie auf den Boden und nimmt das Telefon hoch, das sie zwischendurch bereitgelegt hat. Dann, und erst dann, ruft sie den Krankenwagen.

19

Als wir Kinder waren, aber auch heute noch, neigte meine Mutter dazu, in helle Aufregung zu verfallen und uns anzuschreien, wenn wir mit kleineren Unfällen oder Wehwehchen wie aufgeschlagenen Knien, plötzlichem Erbrechen oder Übelkeit zu ihr kamen. Genau deshalb kamen wir auch nicht gern damit; die wärmenden, tröstenden Arme, das mütterliche Umsorgen waren erst nach einer Salve von Vorwürfen zu haben. »Was ist denn jetzt wieder? Was ist passiert? Was habt ihr gemacht?«, schrie meine Mutter und beruhigte sich erst nach einer Weile, um so manches Mal noch mürrisch nachzuzetern.

Als Kind, als Jugendliche war das schwer für uns zu verstehen, erst in meinen Dreißigern habe ich wirklich verstanden, dass Angst dahintersteckte: Angst, es könnte etwas Ernsthaftes passiert sein. Gepaart mit Hilflosigkeit. Das mütterlich Beruhigende ist meiner Mutter fremd, noch vor kurzem schimpfte sie verärgert mit mir, als ich mir den Kopf derart an einer offenstehenden Schranktür stieß, dass mir schwarz vor Augen wurde. Wie früher verließ ich den Raum und krümmte mich im Flur zusammen, um den ersten Schmerz abzufedern und zugleich den besorgten Schimpftiraden meiner Mutter zu entgehen.

Aber anders als früher erklärte sie mir kurz darauf schuldbewusst, sie wisse ja, dass sie nicht schimpfen dürfe, sondern mich eigentlich hätte trösten müssen. »Schon wieder falsch gemacht!«

Reflektiert hat sie ihre eigene Reaktion erst später. Und sie führt sie wiederum auf die typische Reaktion ihres eigenen Vaters zurück, der sie und ihre Geschwister ebenfalls aufgeregt anschrie, wenn sie sich wehtaten oder plötzlich erkrankten.

Auch ich neigte – und neige noch – zu Überreaktionen in Stresssituationen; ein kleiner Moment aber kurz vor der Geburt meiner ersten Nichte hat das geändert, zumindest teilweise. Meine Schwester, die an einem glutheißen Maitag, einen Monat vor dem Entbindungstermin, plötzlich einen Blasensprung bekam, woraufhin die Wehen einsetzten, rief mich vom Weg ins Krankenhaus an, damit ich wie vereinbart rechtzeitig zur Geburt da sein würde. Ich wiederum rief aufgeregt meine Tante an, die kurz zuhörte und mir dann erklärte, dass meine Schwester jetzt eines unbedingt von mir bräuchte: Ich solle Ruhe bewahren. Aufgeregt und ängstlich sei sie sicher schon genug. Ich müsse die Schulter sein, an die sie und ihr ebenfalls aufgeregter Mann sich nun anlehnen könnten.

Schlagartig wurde ich ruhig. Und in der Folge blieb ich es auch, so lange, bis die anstrengende Geburt vorbei war und ich wieder zu Hause bei einem Bier in der Küche saß und erst mit Stunden Verspätung begriff, dass ich soeben ein Wunder erlebt hatte.

Und auch an diesem Apriltag knapp sechzehn Jahre danach, als das Telefon klingelte und ich die helle Stimme Annas erkannte, die mir mit gehetzten Worten und ein wenig ungeschickt erklärte, dass meine Mutter gestürzt und jetzt auf dem Weg ins Krankenhaus sei, auch an diesem Tag blieb ich ruhig und gefasst, stellte die richtigen Fragen und versprach, mein Handy mit mir herumzutragen, damit Anna mich aus dem Krankenhaus mit Neuigkeiten versorgen konnte.

Erst, als wir aufgelegt hatten und ich meiner Freundin zu erklären versuchte, was geschehen war, erst da verlor ich die Fassung und begann, sturzbachartig zu weinen. Für einen Moment hatte ich das Gefühl, meine Mutter verloren zu haben.

Dabei hatte ich nicht sie verloren, sondern Sicherheit.

Die Sicherheit zu wissen, dass meine Mutter gut aufgehoben war, an einem Platz, der ihr gefiel. Die Sicherheit, dass es ihr gut ging.

Und genau das hatte sie auch an diesem Tag verloren.

Allerdings nicht zum ersten Mal.

20

Die Kindheit meiner Mutter ist von Flucht geprägt. Flucht bedeutet Unsicherheit. Wenn es keinen Ort gibt, an dem man in Sicherheit ist, dann gibt es letztendlich überhaupt keine Sicherheit.

Das ständige Auf-der-Flucht-Sein in ihrer Kindheit hat meine Mutter gelehrt, sich mit widrigen Umständen zu arrangieren und stets eine Nische zu finden, in die sie sich zurückziehen und mit dem Wichtigsten versorgen kann.

Zugleich aber hat es sie genötigt, lautstark auf sich aufmerksam zu machen, damit sie nicht übersehen und vergessen wird – im Zug, auf dem Bahnhof während der Flucht, aber auch bei der Essensverteilung; wie ein Vogeljunges, das sich im Nest im Pulk der Geschwister durch lautes Piepsen bemerkbar macht, um ebenfalls gefüttert zu werden.

Genug gefüttert worden ist sie jedoch nicht, Hunger war ihr ständiger Begleiter während der Jahre der Flucht und der Unsicherheit. Fotos aus der Kinderzeit und der frühen Jugend zeigen meine Mutter als extrem dünnes Mädchen mit einem leicht trotzigen, stets ein wenig hungrigen Blick. Der Hunger hat sich in sie eingebrannt, wie in viele Frauen und Männer ihrer Generation.

Bis 1948 dauert er an, in den strengen, schrecklichen Nachkriegswintern verhungern zahllose Kinder in Deutschland; ein ungeschriebenes Kapitel Geschichte, von dem viele Kriegskinder berichten könnten: Fast in jeder Familie gibt es ein Kind, das die Nachkriegszeit nicht überstanden hat. Aber wir erinnern uns kollektiv nur an die vielen anderen in der Kriegszeit gestorbenen Kinder, die bei Luftangriffen oder auf den Flüchtlingstrecks erschossen, verbrannt, erfroren und auch verhungert und verdurstet sind. Über diejenigen, die in der Nachkriegszeit den Folgen des Krieges zum Opfer gefallen sind, wird kaum gesprochen.

Vielleicht, weil an ihnen deutlich wird, wie weit der Schatten gereicht hat, den der Nationalsozialismus geworfen hat. Vielleicht hat unsere Gesellschaft damals, in der bitteren Hungerzeit der Nachkriegsjahre, als Deutschland selbstverschuldet in Trümmern lag, erkannt, dass es die eigene Nation war, die dies zu verantworten hatte. Und genau deshalb darüber geschwiegen.

Wer einmal gehungert hat, kommt nie wieder davon los.

Bei meiner Mutter äußerte sich diese traurige Gesetzmäßigkeit in einer Art Umkehrreaktion, ebenfalls nicht untypisch für ihre Generation: Als es endlich wieder genug und gar im Überfluss zu essen gab, nahm sie an Gewicht zu. Und im Laufe ihrer ersten Schwangerschaft über das Maß hinaus, mehr als zwanzig Kilo legte sie in dieser Zeit zu und über Jahrzehnte hinweg nicht wieder ab. Vorher gertenschlank, war sie nun für mehrere Jahrzehnte lang übergewichtig.

Solange ich denken kann, hat meine Mutter mit ihrem Gewicht gekämpft, aber ich habe mich nie, kein einziges Mal, dafür geschämt. Ich hatte früh instinktiv verstanden, dass das Übergewicht meiner Mutter nicht Folge einer schlichten Gefräßigkeit oder eines simplen Hedonismus war, sondern der Gewichtszunahme in ihrer ersten Schwangerschaft. Dass es ihr so lange nicht gelang abzunehmen, war wiederum Ursache und Folge einer großen inneren Not.

Jahrelang hatte ich mit einem Gefühl hilfloser Traurigkeit dabei zugesehen, wie meine Mutter vergebens versuchte, ihr Übergewicht mit Diäten und Fastenkuren loszuwerden. Sie tat mir immer sehr leid dabei, und ärgerlich fand ich nur, dass sie mich dazu auserkoren hatte, das bittere Erbe der Veranlagung zum Dickwerden in sich zu tragen. Mit gnadenloser Direktheit projizierte sie auf mich: »Iss nicht so viel, sonst wirst du auch noch so dick wie ich!«, diesen Ausspruch habe ich während meiner Kindheit und Jugend unzählige Male gehört, wenn ich im Begriff war, mir eine erste Portion Essen zu nehmen. Dabei war ich zwar nie dünn, aber eben auch keineswegs dick – anders als mein älterer Bruder, der schon als Knabe pummelig war, derlei Sprüche aber selten zu hören bekam.

Bis heute bin ich der Überzeugung, dass Abnehmen – neben dem Verzicht aufs Rauchen – eines der schwierigsten Unterfangen im Leben ist. Vielleicht zeugt davon, dass Letzteres mir durchaus gelungen ist, Ersteres aber nicht so recht. Wie meine Mutter kämpfe auch ich seit Jahren, eigentlich schon immer, mit meinen

Pfunden. Der Unterschied zwischen uns ist nur, dass ich weit weniger Pfunde mit mir herumtrage als sie zu ihren Zeiten mit Höchstgewicht; und dass ich im Gegensatz zu ihr gern Sport treibe, was im Hinblick aufs Abnehmen allerdings wenig nützt, besonders, seit die Wechseljahre Einzug in mein Leben gehalten haben.

Meine Mutter hingegen hatte keine Wechseljahre, sondern nur ein Wechseljahr. Wirklich abzunehmen, dann aber entscheidend, begann sie allerdings erst, als mein Vater starb und ein paar Wochen danach bei ihr Diabetes diagnostiziert wurde.

Vielleicht war es der Schock über den Tod meines Vaters, vielleicht der Rahmen, den ihr die Krankheit plötzlich verschaffte, in den sie sich einzupassen vermochte und der ihr gestattete, sich endlich an strikte Regeln zu halten. Sie selbst als Regulariengeberin hatte es nicht vermocht, sich zu Disziplin anzuhalten. Aber die strikten Regeln, die ihr die Krankheit diktierte, ummantelt von Trauer, wiederum gepuffert von einer nahezu rauschartigen Schwärmerei für den ungarischen Musiker, den sie kurz nach dem Tod meines Vaters kennengelernt hatte, all diesen Faktoren gemeinsam gelang, was niemand mehr für möglich gehalten hatte: Meine Mutter nahm ab.

21

Zwei, drei Jahre, nachdem mein Vater gestorben war, reisten meine damalige Freundin und ich gemeinsam mit meiner Mutter für ein paar Tage ins Ostseebad Warnemünde. Eines Nachmittags blickte ich, gerade erwacht von einem Mittagsschläfchen, aus dem Fenster und sah unten auf der Gasse eine sehr große, ältere Frau mit kurzen, dunklen Haaren und einem kleinen Rucksack stehen, mit dem Rücken zu mir. Sie sah ungewöhnlich unangepasst aus, und Interesse loderte in mir auf. Wer war diese interessante Frau? Dann drehte sie sich um, und ich erkannte in ihr meine Mutter.

Ich hatte sie nicht erkannt, weil sie so viel abgenommen hatte, fast schlank geworden war. Für einen Augenblick hatte ich sie mit fremden Augen gesehen, und für diesen Augenblick bin ich heute noch dankbar: Sie hat mir gefallen, diese fremde Frau, mehr noch, sie hat mich interessiert.

»Niemand ist so unsichtbar wie eine alte Frau« – dieses verkürzte Zitat der polnischen Autorin Olga Tokarczuk hat mich nachhaltig erschüttert, vielleicht, weil es gnadenlos die Wahrheit beschreibt: Alte Frauen sind die Schattenwesen unserer Tage. Eines Tages werde auch ich eine alte Frau sein. Dass meine Mutter aber eine interessant wirkende alte Frau ist, macht mir Hoffnung. Zwar sehen wir uns in keinster Weise ähnlich, aber immerhin bin ich ihre Tochter und trage viel von ihr in mir. Hoffentlich werde auch ich eines Tages eine alte, interessant wirkende Frau sein. Eine, die man nicht übersieht und auch nicht so schnell wieder vergisst. Wie meine Mutter.

Natürlich hat meine Mutter sicherlich auch schon so gewirkt, als sie noch nicht so viele Pfunde verloren hatte. Aber der Verlust an Masse schien ihr damals Auftrieb gegeben zu haben; er hat sie in vielerlei Hinsicht leichter gemacht.

Mein Vater hat sie so nicht mehr kennengelernt. Bei ihrer ersten Begegnung war sie schlank und langbeinig, aber mit der ersten Schwangerschaft, die im selben Jahr begann, nahm sie zu und nicht wieder ab.

Ich weiß nicht, was er zu ihrer Gewichtsabnahme gesagt hätte – aber zu Lebzeiten hat er stets glaubhaft versichert, dass er jedes Pfund an ihr liebte. Nie hat er sie dazu angehalten abzunehmen, allerdings hat er sie auch kaum darin unterstützt. Wie auch? Jemanden beim Abnehmen zu unterstützen, ist praktisch kaum möglich, ohne ihn zu bevormunden; und das wäre, wie jeder weiß, der meine Mutter auch nur ein wenig kennt, bei ihr die vollkommen falsche Strategie. Meine Mutter lässt sich so gut wie nichts sagen. Gelegentlich, ganz selten, von mir. Und von ihrer Freundin Birgit, die sie auf eine fast schwärmerische Art bewundert und verehrt. Mein Vater hatte es damit sicher nicht einfach.

Manchmal frage ich mich, wie es ihm gelungen ist, so gut mit ihr zurechtzukommen. Aber es ist ihm gelungen, und zwar sehr gut, von gelegentlichen Streitereien einmal abgesehen, die meist darin endeten, dass mein Vater mit quietschenden Reifen davonfuhr und einige Zeit später mit einem riesigen Blumenstrauß und schuldbewusster Miene zurückkehrte – auch, wenn es meist meine Mutter war, die den Streit angezettelt hatte.

Als er, viel zu früh, starb, ließ er sie mitten in ihrem gemeinsamen Leben, in ihrem gemeinsamen Haus zurück und kehrte dieses eine Mal nicht mehr zurück.

Und erst jetzt, mit ihrem Sturz, gut fünfzehn Jahre danach, hat sie es ebenfalls verlassen.

22

Erst eine gute Woche nach ihrem Sturz sehe ich meine Mutter wieder, im Krankenhaus, nach ihrer Operation, bei der der Bruch des Oberschenkels gerichtet worden ist.

Meine Mutter ist ruhig und zufrieden, der Oberschenkel schmerzt, aber sie wirkt fast entspannt, als ich sie in die Arme schließe. Sie hat ein Bett am Fenster bezogen und sieht aus wie ein Kind, mit ihrem kleinen, mit flaumigem Haar bedecktem Kopf und der Strickjacke, die sie über ihr Nachthemd gezogen hat.

In meiner Kindheit trug meine Mutter jahrelang eine weiße, selbstgestrickte, großmaschige Jacke, später, als wir Kinder ausgezogen waren und das Geld nicht mehr so knapp war, kaufte sie sich immer wieder neue Strickjacken und andere Oberteile. Wie im Hinblick aufs Essen setzte ihre Reaktion beinahe verspätet ein; erst jetzt, wo genug da war, gestattete sie sich, ein wenig im Überfluss zu schwelgen.

Die Jacke, die sie nun, an diesem Apriltag im Krankenhaus meiner Heimatstadt, trägt, ist braun und grün gemustert; ich kenne sie nicht. Aber ich kenne das zufriedene Lächeln meiner Mutter und die Art, wie sie sich ein Stückchen zu mir vorbeugt, um mir etwas zu-

zuflüstern: »Die Frau nebenan hat sieben Kinder!«, sagt sie leise. »Die kommt aus Versen, vom Bauernhof. Eine ganz nette Person!«

Wie immer, wenn meine Mutter zu flüstern versucht, gelingt es ihr nicht, und die Frau im Nachbarbett, eine etwas verhärmt aussehende Mittsechzigerin, sieht misstrauisch zu uns herüber und nickt dann verlegen, als sie das offene Lächeln meiner Mutter entdeckt.

Ich setze mich vorsichtig zu meiner Mutter aufs Bett und hole tief Luft, während ich spüre, wie ein Teil meiner Sorge sich auflöst.

Ja, meine Mutter ist gefallen, sie hat sich den Oberschenkel gebrochen und ist operiert worden; sie trägt nun einen großen Nagel im Knochen und wird lange brauchen, um sich zu erholen. Aber dennoch geht es ihr gut.

Sie ist hier gut aufgehoben, und mehr noch, offenbar scheint sie sich hier richtig wohlzufühlen. Vielleicht erinnert sie das Zimmer mit seinen sechs Betten, von denen vier belegt sind, an ihre Kindheit, an das Zimmer in Israelsdorf und all die vorigen Zimmer, in denen sie mit ihren Schwestern geschlafen hat, erst mit einer, dann mit zweien, dreien, vieren und schließlich mit fünfen. Jetzt, nach so vielen Jahrzehnten, findet sie sich erneut in einem Sechsbettzimmer wieder. Und ganz offenbar macht ihr das ein wohliges, behagliches Gefühl, denn sie beugt sich erneut vor: »Weißt du was, ich könnte ja auch in ein Zweibettzimmer umziehen, hat der Arzt mir angeboten, ich bin ja privat versichert. Aber ich möchte hierbleiben. Hier fühle ich mich gut!«

Ich nicke und spüre, dass sie die Wahrheit sagt. Hier fühlt sie sich wohl.

Endlich ist sie nicht mehr allein. Allein in einem großen Haus. So wollte sie ohnehin nie leben.

Es klopft an der Tür, und eine sehr junge Praktikantin mit roten Wangen bringt das Abendessen; unbeholfen, aber bemüht, stellt sie es vor meiner Mutter auf das Tablett, das meine Mutter selbst aus dem Nachttisch herausgeklappt hat, mit ihrerseits schnellen, versierten Handgriffen, die sie während ihrer eigenen Zeit als Praktikantin in einem Krankenhaus gelernt und nie verlernt haben dürfte.

Gemeinsam mustern wir verblüfft das Abendessen, nachdem ich die große Abdeckhaube heruntergehoben habe. Neben einer Tasse Tee, in der noch der Beutel hängt, wartet ein Löffel, dazu ein Stückchen Zitrone. Auf dem Teller selbst liegt ein verkrumpelt aussehendes Stück Knäckebrot, garniert mit einer Portionspackung Frischkäse und der schmalsten Scheibe Rettich, die ich je gesehen habe.

Meine Mutter und ich sind beide einen Moment lang sprachlos, dann müssen wir gleichzeitig lachen. »Möchtest du was abhaben?«, fragt sie schelmisch und grinst, als ich den Kopf schüttele. Ich kann nicht anders, ich muss dieses Kunstwerk einfach fotografieren, und so ziehe ich mein Handy heraus und mache ein Foto vom kargen Abendessen meiner Mutter, einen Beweis für die Ewigkeit.

»Also, es gefällt mir hier!«, sagt meine Mutter zufrieden und beißt in das Knäckebrot, das sogleich zur Hälfte zerbröselt.

Ich sehe ihr amüsiert dabei zu, wie sie kaut, und ich spüre, bei allem Schmerz und allen Sorgen, dass es ihr hier tatsächlich gut geht.

Meine Mutter ist wieder da, wo sie sechzig Jahre zuvor schon gewesen ist: in einem Zimmer mit sechs Betten, und das Essen reicht nicht zum Sattwerden.

Aber diesmal geht es ihr gut damit.

Und vielleicht spüre ich auch in diesem Moment, dass sie nie mehr in das Haus zurückkehren wird, das sie die letzten vierunddreißig Jahre bewohnt hat.

Ohne dass sie sich dessen bewusst ist, hat meine Mutter bereits begonnen, sich zu verabschieden.

23

Meine Mutter ist geübt darin, loszulassen. Sie kann es besser als die meisten anderen Menschen, die ich kenne. Das bewundere ich ungemein.

Andererseits: Vielleicht kann sie leicht loslassen, aber die Dinge lassen wiederum sie nicht leicht los.

Viele Aspekte haben ihre Spuren im Leben meiner Mutter hinterlassen: erst der Kampf gegen den Hunger, dann der Kampf gegen das Übergewicht. Der Drang, auf sich aufmerksam zu machen. Die Sehnsucht nach Anerkennung und Liebe. Das ständige Weiterziehen und Fliehen. Und die brüchige schulische Laufbahn.

Wie ein Teil der Kriegskinder mit ihren unregelmäßigen Schulzeiten überhaupt bis zum Abitur gelangen konnte, ist mir ein Rätsel.

Auch meine Mutter, bei Kriegsausbruch gerade drei Jahre alt, hatte in den ersten, wichtigen Schuljahren nur sporadisch Unterricht, der zudem durch wechselnde Schulen und auch Schulformen geprägt war.

Und nicht nur das: Die Flucht aus dem heutigen Polen über mehrere Stationen nach Norddeutschland brachte auch einen Wechsel der kulturellen Umgebung mit sich. Der heitere, gesprächige Menschenschlag aus den ersten Lebensjahren meiner Mutter verschwand und machte Platz für den eher wortkargen, spröden Typ, der für Norddeutschland, insbesondere Schleswig-Holstein, als charakteristisch gilt.

Nicht nur das machte es den sechs Kindern der Familie schwer, sich einzuleben – vor allem waren es die schwierigen Lebensbedingungen, geprägt von Armut und Platznot, die ihren Tribut forderten: Angst und Unterernährung.

Die ersten Jahre in einem großbürgerlichen Ambiente aufgewachsen – das Haus in der Łódźer Falklandstraße hatte 22 Zimmer, es gab Dienstmädchen und weiteres Hauspersonal –, hieß es auf der Flucht, eng und noch enger zusammenzurücken. In Breslau wohnte die Familie zunächst in zwei Zimmern im Haus eines befreundeten Arztes im Stadtteil Bischofswalde; dann ging es nach einem kurzen Abstecher über Stettin weiter zu Verwandten mütterlicherseits, die in der Nähe von Wismar einen Hof besaßen. Dort wurde den sieben Personen ein Zimmer, eine Küche und eine Glasveranda als Wohnung zugewiesen.

Meine Mutter erinnert sich an diesen Zwangsaufenthalt als eine Zeit voll bodenloser Angst, vor allem ausgelöst durch die ständigen Tieffliegerangriffe.

Aber auch während des kurzen darauffolgenden Aufenthaltes in Timmendorf an der Ostsee, wo meine Großmutter ihre Eltern vermutete und auch wiederfand, wurde die Situation nicht besser. Von der neuerlichen Unterkunft, wiederum in einer Glasveranda, in der die sieben Personen untergekommen waren, sah man zwar das Meer, dessen Anblick nur selten genossen werden konnte. Auch hier bombardierten Tiefflieger Tag und Nacht die Schiffe, die in der Lübecker Bucht Zuflucht suchten; eingeprägt hat sich meiner Mutter vor allem der Anblick ihres Bruders, der am Strand spielend in ein Feuergefecht geriet und den Querschlägern nur knapp entkam.

Die Lebensverhältnisse wurden auch in Pönitz am See nicht besser, wohin die Mutter mit ihren sechs Kindern dann weiterzog; die zugewiesene Unterkunft war klein und kalt, der Schulweg weit und anstrengend.

Alles war fremd – auch der eigene Vater, der bei der Evakuierung der Familie allein in Łódź zurückgeblieben war und dort nach eigenen Erzählungen alle Bücher verbrannte, um nicht zu erfrieren – darunter auch seine kostbaren wissenschaftlichen Lehrbücher. 1945, nach der Entlassung aus zunächst amerikanischer und dann britischer Kriegsgefangenschaft, schlug er sich zu seinen Schwiegereltern nach Timmendorfer Strand durch und erfuhr so, wo seine Familie steckte.

Eines Nachmittags – meine Mutter war gerade aus der Schule gekommen und mit drei ihrer jüngeren Schwestern allein zu Haus – tauchte er vor dem Haus auf. »Wo seid ihr denn alle?«, rief er, aber meine Mutter und ihre Schwestern waren wie versteinert. Nicht, weil sie ihn nicht erkannt hätten – sondern weil sie Angst vor ihm hatten, diesem großen, fremd gewordenen Mann in schmutzigen, zerrissenen Kleidern.

Es dauerte lange, bis sich wieder eine Art geordnetes Familienleben etablieren konnte. Doch die Unbeschwertheit, die meine Mutter in ihren ersten Kinderjahren empfunden hatte, die ließ sich nie wieder herstellen. Die Kriegstraumata saßen zu tief – und sitzen es, bis heute.

Wen also wundert, dass die schulische Laufbahn vor allem der ältesten Kinder, meiner Mutter und ihres Bruders, in den Wirren des Krieges und der Nachkriegszeit nachhaltig beschädigt wurde? Innerhalb der ersten sieben Jahre ihrer Schulzeit besuchte meine Mutter insgesamt acht verschiedene Schulen, teilweise nur für mehrere Wochen. Erst ab 1949, als auch die familiäre Situation sich wieder ein wenig beruhigte – ein weiteres und letztes Kind, die sechste Tochter Sigrid, war inzwischen geboren worden –, die Familie in eine größere Wohnung nach Lübeck-Israelsdorf zog und mein Großvater erstmals wieder eine Tätigkeit als Arzt aufnehmen konnte, erst ab 1949 verlief auch der schulische Werdegang der beiden ältesten Kinder in ruhigeren Bahnen. Gemeinsam mit ihrem älteren Bruder wechselte meine Mutter vom Gymnasium auf die Mittelschule, ein schmerzhafter Einschnitt.

Auf dieser letzten Station ihrer regulären Schullaufbahn, die meine Mutter 1953 mit der damals so genannten Mittleren Reife beendete, verblieb sie vier Jahr am Stück; ein Novum in ihrem jungen Schülerinnenleben.

Ihr älterer Bruder Friedrich hatte den gleichen Schulmarathon zu ertragen. Den jüngeren Schwestern wiederum, die teilweise erst in Schleswig-Holstein eingeschult wurden, blieb dieses Schicksal erspart. Und so ist es allein unter diesem Aspekt betrachtet nicht verwunderlich, dass die beiden ältesten Geschwister – im Gegensatz zu den drei mittleren Schwestern – nicht bis zum Abitur gelangten. Für meine Mutter ein Signal der Ungerechtigkeit – und ein Makel, der sie ihr Leben lang beschäftigen sollte.

24

Am 16. Juli 1936 wurde ich als zweites Kind des Assistenzarztes Dr. med. Friedrich Wegener und seiner Ehefrau Sophie, geb. Madsen, in Breslau geboren. Ich bin evangelisch und habe sechs Geschwister.

1940 wurde mein Vater nach Litzmannstadt versetzt. Von 1942 und bis 1944 besuchte ich dort die Volksschule.

1944 wurden wir nach Breslau evakuiert, wo ich ebenfalls die Volksschule besuchte. Dann ging es weiter nach Wismar. In Metelsdorf, zwölf Kilometer von Wismar entfernt, ging ich bis zum Frühjahr 1945 in die Volksschule.

1945 flüchteten wir nach Pönitz am See in Schleswig-Holstein.

Von 1945 bis 1948 war mein Vater Landarbeiter und Bauhilfsarbeiter. Ich besuchte nun die Volksschule in Gronenberg und kam 1947 auf die Mittelschule in Pönitz.

Am 1. Oktober 1948 wurde mein Vater wieder als Assistenzarzt angestellt, und zwar am Pathologischen Institut der Städtischen Krankenhausanstalten Süd und Ost in Lübeck, und wir zogen nach Israelsdorf.

1948 kam ich auf die Oberschule am Falkenplatz, wurde aber 1949 in die Bernt-Notke-Mittelschule umgeschult, die ich Ostern 1953 mit dem Abschlusszeugnis verließ.

Von 1953 bis 1954 besuchte ich die Frauenfachschule in Lübeck. Von 1954 bis 1955 war ich ein Jahr als Praktikantin in einem Zwölf-Personen-Haushalt in Cleverbrück tätig. Mein Großpraktikum leistete ich von 1955 bis 1956 in der Diätküche des Krankenhauses Süd in Lübeck ab.

Seit Ostern 1956 besuche ich wieder die Frauenfachschule in Lübeck und möchte ein Jahr als Praktikantin meine praktische Tätigkeit noch in einem Hotelbetrieb vervollständigen.

(Aus einem Bewerbungsschreiben meiner Mutter aus dem Jahre 1956)

25

Im Spätsommer 1949 ist Anke dreizehn Jahre alt, spindeldürr, ziemlich groß und sehr langbeinig. Die Haare zu Affenschaukeln geflochten, sticht sie unter ihren Schwestern nicht nur durch ihre Körpergröße, sondern vor allem auch durch ihr vorlautes Mundwerk hervor.

Nach dem Sommer aber verstummt sie für eine Weile. Die Schmach, das Gymnasium verlassen und auf die Realschule wechseln zu müssen, brennt sich unauslöschlich in sie ein. »*Ich habe mich so sehr geschämt, dass ich mich im Schulzimmer hinter der Tür versteckt habe und auch in den Pausen dortgeblieben bin*«, hat mir meine Mutter unzählige Male erzählt.

Die Umschulung, gemeinsam mit ihrem ein Jahr älteren Bruder, der ebenfalls das Gymnasium verlassen muss, empfindet sie als Degradierung und große Ungerechtigkeit. Während die jüngeren Schwestern allesamt zahllose Nachhilfestunden bekommen und damit sozusagen zum Abitur geschoben werden – eine Schwester setzt zudem ein Jahr aus und wechselt mehrfach die Schule –, ist für die Älteste, das »Dummchen«, ein solcher Einsatz offenbar nicht die Mühe wert. Ausgesprochen wird es zwar nicht, aber hinter dem für Anke vorgesehenen

Bildungsweg steht der Gedanke: »Du heiratest ja doch!« Und dafür ist eine hauswirtschaftliche Ausbildung angemessen, nicht etwa eine akademische.

Auch der ältere Bruder meiner Mutter schafft es nicht ins akademische Milieu. Er wird Gärtner.

Im März 1953 schließt meine Mutter mit einem durchaus passablen Zeugnis die Realschule ab und beginnt vier Wochen später bereits die Ausbildung zur Hauswirtschaftsleiterin an der Lübecker Frauenfachschule.

Nach einem Jahr schulischer Ausbildung geht sie ein weiteres Jahr als Praktikantin zu einer Großfamilie, wo sie sich vom ersten Tage an der Aufdringlichkeiten des Familienvaters erwehren muss – und auch zu erwehren versteht. Der siebenfache Vater stellt der Achtzehnjährigen bei jeder sich bietenden Gelegenheit nach, bis er eines Nachts nackt in ihr Zimmer eindringt und versucht, sie zur »*Einführung in die Liebe*« zu überreden. Als das junge Mädchen ihm droht, laut loszuschreien und seine Frau zu alarmieren, flüchtet er Hals über Kopf. Von da an hat sie ihn »*in der Hand*«; nie wieder versucht er, ihr näherzukommen.

Nach einem Jahr, im April 1955, beginnt eine weitere Station in der insgesamt auf vier Jahre angelegten Ausbildung, und zwar in der Diätküche des Staatlichen Krankenhauses Süd, bevor das letzte Jahr wieder auf der Frauenfachschule ansteht.

Die Abschlussprüfung im März 1957 bleibt für die mittlerweile Zwanzigjährige unvergessen: Zwar gelingt ihr das aufgetragene Gericht – Pflückfisch in Senfsoße mit Kartoffeln, dazu Rote-Bete-Salat – mit der Bestnote eins, aber durch die Prüfung fällt sie dennoch. Die von ihr nicht ausreichend beaufsichtigten Praktikantinnen haben in der Küche ein wahres Schlachtfeld aus Rote-Bete-Raspeln hinterlassen. Die dafür fällige Note sechs bewirkt, dass Anke an die Ausbildung noch ein weiteres Jahr Praktikum anhängen muss.

Sie geht – eine folgenschwere Entscheidung – in das bei Plön gelegene Altersheim Ruhleben. Die Arbeit dort ist so hart und die Verpflegung so mangelhaft, dass die gerade volljährig Gewordene letztendlich nach einem guten halben Jahr abgemagert und mit Skorbut (!) im Krankenhaus landet und dort mehrere Wochen verbleibt.

Nach ihrer Genesung muss meine Mutter nicht mehr zurück nach Ruhleben, ihr Praktikum wird anerkannt. Am 31. März 1958 erhält sie das Zeugnis zur staatlich geprüften Hauswirtschaftsleiterin.

Mit einundzwanzig Jahren steht sie nun mit einem anständigen, aber ungeliebten Beruf da und sattelt, in Ermangelung anderer Pläne, noch eins obendrauf: In der Diätküche des Krankenhauses Hamburg-Eppendorf macht sie eine zweijährige Zusatzausbildung zur staatlich geprüften Diätassistentin.

Von ihrem Traumausbildungsplatz ist meine Mutter während ihrer Zeit in Hamburg gerade mal einen gut einstündigen Fußmarsch entfernt: Ihr großer Traum ist es bereits im jugendlichen Alter, eines Tages an der Hamburger Hochschule für Bildende Künste Lerchenfeld Malerei zu studieren. In der Tat ist sie musisch sehr und zeichnerisch geradezu hochbegabt. Unzählige selbstgemalte Bilder und nach eigenen Vorlagen genähte Wandbilder und Dekorationen werden im Laufe ihres Lebens entstehen, im Basteln, vor allem aber im Malen mit Buntstiften ist sie unschlagbar. Aber nicht sie schlägt einen künstlerischen Beruf ein, sondern gleich zwei ihrer jüngeren Schwestern. Zwar wird vor allem die Ältere der beiden damit zeitlebens kaum einen Cent verdienen und im Alter nahezu mittellos dastehen, aber eine gewisse Anerkennung als Künstlerin ist ihr immerhin beschieden, anders als meiner Mutter, deren »naive Malerei« nur selten als künstlerische Fähigkeit erkannt, sondern als gewisse »hausfrauliche« Geschicklichkeit betrachtet wird.

Die eigentliche Ungerechtigkeit, denke ich noch heute, liegt weniger darin, dass meiner Mutter eine akademische Ausbildung verwehrt blieb, sondern eine künstlerische. Mit ihrem zeichnerischen Talent hätte sie sehr weit kommen können. So aber blieben ihre wunderschönen Bilder und Figuren ihrer Familie und später den Mitgliedern der Kirchengemeinde, für die sie zahllose Plakate und Dekorationen malte und gestaltete, vorbehalten. Ihre Begabung fiel jedoch auf; bei einem kurzzeitigen Aushilfsjob in einer bekannten Lübecker Marzipanfabrik oblag es ihr, große Schweineköpfe aus Marzipan per Hand zu modellieren, die Kunden waren des Lobes voll.

Beruflich aber kann sie ihr diesbezügliches Talent nicht weiter verwerten, wohl aber andere Fähigkeiten: Sie ist patent, schnell und gründlich, erledigt alle Aufgaben in Windeseile und mit Schwung, und diese Fähigkeiten gibt sie später auch an ihre beiden Töchter weiter.

Zunächst aber verlässt sie am 9. März 1960 das Universitätsklinikum Eppendorf mit dem Zeugnis der staatlich geprüften Hauswirtschaftsleiterin und Diätassistentin. Da ist sie bereits schwanger mit meinem Bruder.

Genau einen Monat später heiratet sie meinen Vater.

26

Fast sechzig Jahre später fahren meine Mutter und ich die Strecke Plön-Lübeck, als sie plötzlich den Kopf hebt. »Da, guck mal, da kommt jetzt gleich ein Weg rechts rein! Da habe ich damals gearbeitet.« Ein Schild weist zum Altenpflegeheim Ruhleben.

Ich biege in den dunklen Waldweg ab. Und tatsächlich, nach einigen Kilometern taucht ein hohes Gebäude zwischen den Bäumen auf. Stumm betrachtet meine Mutter die renovierte Fassade. Als sie erzählt, dass sie damals samstags den Weg in die Stadt lief und nachts wieder zurück, um wenigstens in ihren paar freien Stunden diesem schrecklichen Ort zu entfliehen, wird mir noch im Nachhinein ganz mulmig zumute. Wie viel Mut das junge Mädchen aufgebracht haben muss, diesen dunklen, unheimlichen Weg nachts allein zurückzulegen!

Aber vielleicht war es kein Mut, sondern der Hunger nach Leben – und auch schlichte Verzweiflung. Zum ersten Mal erschließt sich mir der Ausdruck »mit dem Mut der Verzweiflung« in Gänze.

Schade, dass ich meine Großeltern nicht mehr habe fragen können, warum sie meine Mutter so hart behandelt und ihr eine bessere schulische Ausbildung verwehrt haben. Waren ihre Leistungen tatsächlich so schlecht, dass Nachhilfestunden vergeblich erschienen? Wurde sie tatsächlich, wie sie es empfand, mutwillig zurückgesetzt, weil sie den Vorstellungen der Eltern nicht entsprach? Weil sie aufbegehrte und stets Widerworte gab?

Offenbar, so stellt es sich aus dem Abstand der Jahrzehnte heraus dar, gingen meine Großeltern mit meiner Mutter tatsächlich besonders unbarmherzig um. Stets muss sie zugunsten der Jüngeren verzichten, auf Nahrung, Kleidung, Zuneigung, Bildung. Lob oder Zärtlichkeit gibt es kaum, Maßregelungen und Schimpfe dagegen zuhauf. Ihre Eltern schicken sie auf eine harte Lebensschule – 30 Mark monatlich müssen während ihrer Ausbildungszeit in Hamburg-Eppendorf zum Lebensunterhalt reichen; das ist nicht zu schaffen. Also hungert sie erneut, rund fünfzehn Jahre nach Kriegsende. Weitere Unterstützung gibt es nicht; wenn sie klagt – was kaum je der Fall ist –, stellen sich ihre Eltern nicht ein einziges Mal auf ihre Seite: »Stell dich nicht so an«, heißt es, »du wirst schon etwas verbrochen haben!« oder »Da musst du durch!«

Hat sich meine Großmutter dann ihrer Hartherzigkeit geschämt, als ihre heranwachsende Tochter mit Skorbut im Krankenhaus lag? Offenbar nicht, denn zwei Jahre später, als meine Mutter jungverheiratet mit meinem Bruder schwanger ist und vorübergehend bei ihren Eltern in einem kleinen Zimmer im Obergeschoss lebt, während mein Vater aus der Hubertus-Kaserne an der Ratzeburger Landstraße in Lübeck heraus, wo er stationiert ist, versucht, eine Wohnung zu bekommen – zwei Jahre später muss meine Mutter als Gegenleistung für Kost und Logis von früh bis spät sämtliche Hausarbeit für meine Großeltern und die noch zu Hause lebenden fünf Schwestern leisten. Der Gedanke, der Hochschwangeren im Gegenteil etwas abzunehmen und sie zu schonen, kommt offenbar niemandem.

Im Gegenteil, von Mai bis September desselben Jahres arbeitet Anke zudem noch als Beiköchin im Sierksdorfer Hotel Seehof, um Geld für die zukünftige Wohnungseinrichtung zu verdienen. Wenn sie abends dann in ihr Zimmer zurückkehrt, warten dort stets ein Berg Bügelwäsche und weitere Aufgaben auf sie.

Erst die eigene Wohnung, die sie schließlich mit meinem Vater und meinem neugeborenem Bruder bezieht, befreit meine Mutter aus dem Zwang, sowohl in ihren ungeliebten erlernten Berufen als auch für ihre Herkunftsfamilie schwer arbeiten zu müssen.

27

Bis ins hohe Alter hinein und dann ganz besonders beschäftigt meine Mutter der quälende Gedanke, in den Augen ihrer Eltern weniger wert gewesen zu sein als ihre jüngeren Schwestern. Das Abitur wäre erreichbar gewesen, denkt sie, wäre ihr nur die gleiche Förderung wie den anderen zuteilgeworden.

Unbeabsichtigt treffe ich ihren wunden Punkt mit voller Wucht, als ich 2001 in einem autobiografischen Text über meine Entwicklung zur Schriftstellerin diesen folgenschweren Satz schreibe: »Meine Eltern hatten beide das Gymnasium nicht geschafft, und sie konnten uns Kindern nicht viel Bildung mitgeben, aber was wir bekamen, das waren Bücher.«

Meine Mutter ist zutiefst gekränkt über die Formulierung des ersten Satzteils; als derselbe Text leicht abgeändert zehn Jahre später in einer anderen Anthologie erneut veröffentlicht wird, schreibt sie mir dazu in einem ernsten Brief: »Ich bin ja noch in einer Zeit aufgewachsen, wo mir befohlen wurde, was ich lernen musste. Aber darüber möchte ich nicht mehr nachdenken.«

Heute würde ich besagte Passage anders formulieren. Nicht nur, dass mein Vater vom Gymnasium abgehen musste, weil seinen Eltern das Geld fürs Schulgeld fehlte – vorrangig aber habe ich meine Meinung in Bezug auf die fehlende Bildung meiner Eltern längst revidiert. Sie haben uns sehr wohl viel Bildung mitgeben können, allerdings nicht die akademische Bildung, auf die ich mich – kurz nach meinem Studium – bezogen hatte. Bücher sind schließlich Bildung, und auch sonst waren meine Eltern belesene, vielfältig interessierte und auch gebildete Menschen, die sich ihr Wissen eigenständig angeeignet hatten. Und eine Art von Bildung gaben sie uns besonders reichlich mit: Herzensbildung.

Bildungsneurosen wie die meiner Mutter beschränken sich selbstverständlich nicht nur auf Menschen der älteren Generationen. Auch in meiner eigenen habe ich viele Menschen kennengelernt, die darunter leiden, kein Abitur gemacht zu haben, aus welchen Gründen auch immer. Selbst im Osten, wo ohnehin nur einem ganz geringen Prozentsatz der Schüler und Schülerinnen ein Wechsel auf die EOS – die erweiterte Oberschule – möglich war, und dann auch nur mit dem korrekten ideologischen und familiären Hintergrund –, selbst im Osten ist dieser Gedanke verbreitet, wenn auch lange nicht so sehr wie in Westdeutschland. Heute, wo allein in Berlin fast siebzig Prozent der Schüler und Schülerinnen das Abitur anstreben, muss dieser Druck noch größer sein als zuvor.

Der Leistungsgedanke ist natürlich auch mir als Kind meiner Zeit nicht fremd, wenngleich meine Eltern ihn mir nie aufgedrängt haben. Für sie zählten in erster Linie der Charakter und die Frage, ob man glücklich sei mit dem, was man tue. Das empfand ich stets als sehr entspannend; im Gegensatz zu den meisten anderen meiner Freund*innen und Bekannten drängten meine Eltern weder mich noch meine Geschwister dazu, einen ordentlichen Beruf zu erlernen, geschweige denn, Karriere zu machen. Sie ließen uns unseren Weg gehen, ohne uns eine bestimmte Richtung zu weisen, und uns begleitete zeitlebens das Urvertrauen unserer Eltern, dass wir schon das Richtige machen würden.

Im Umkehrschluss kannten meine Eltern auch keinen Stolz auf die Leistungen ihrer Kinder – wenn überhaupt, so glaube ich, waren sie überaus froh darüber, dass meine Schwester mit ihren – im Vergleich zu denen meines Bruders und meinen – schlechteren Schulleistungen ihre Ausbildung als orthopädische Schuhmacherin mit Bestnoten abschloss und als eine der wenigen ihres Faches insbesondere die Schäftemacherei hervorragend zu beherrschen lernte.

Dass mein Bruder und ich unseren Weg gehen würden, stand außer Frage. Sie investierten viel Geld und Geduld, um meinem Bruder das Studium der Theologie zu ermöglichen, das er jedoch nicht abschloss, sondern zu Informatik wechselte, abbrach und anfing, bei der Telekom in einem gut dotierten Posten zu arbeiten. Und sie freuten sich sehr mit mir, als ich – als Erste in meiner Familie väterlicherseits – ein Hochschulstudium abschloss und noch mehr, als ich zwei Jahre später meinen ersten Roman veröffentlichte.

Aber am meisten freuten sie sich über ihre Enkelkinder.

Stolz auf die Leistungen ihrer Kinder, so glaube ich, ist zumindest im Gefühlsrepertoire meiner Mutter nicht enthalten. Das ist ungemein beruhigend und entspannend.

Wie meine Mutter so oft zu sagen pflegte und pflegt: »Jeder kann etwas!« Und wenn es nur Zwiebelschneiden ist. Oder laut lachen.

Trotzdem glaube ich in einem Winkel meines Herzens, dass mein Vater dennoch insgeheim unbändig stolz gewesen wäre, wenn ich der Empfehlung meines Tutors gefolgt wäre und meinen Doktor gemacht hätte. Akademische Ehren hätten ihn gewiss sehr beeindruckt, allerdings auf eine andere Art als mein Großvater, der mir zum bestandenen Abitur einen Marzipanpralinenkasten schickte und dazu einen zufriedenen Brief.

Für die soeben mit Bestnote abgeschlossene Ausbildung meiner Schwester hingegen hatte er im April 1982 auf der Feier zu seinem 75. Geburtstag in Lübeck nur ein zweischneidiges Lob übrig: »Tut mir ja leid, aber das zählt für mich fast genauso viel wie das Abitur.«

Diese Feier, zu der längst nicht nur Familienmitglieder, sondern auch Weggefährten meines Großvaters und ehrwürdige Personen aus der Lübecker Mediziner- und weiteren Gesellschaft geladen waren, offenbarte mir ohnehin einen tiefen Einblick in das Herrschaftsdenken meines Großvaters. Unvergessen bleibt mir bis heute die Präsentation seiner Kinder, die er höchstpersönlich vornahm. Alle sieben traten nach vorn und mit ihnen auch die sechs Ehemänner der Töchter, die in allen Einzelheiten mit ihren Berufen und Titeln stolz von meinem Großvater vorgestellt wurden – bis auf meinen Vater, der von meinem Großvater mit den Worten: »Und Anke hat Horst geheiratet, einen Beamten«, kurz abgefertigt wurde.

Damals, als Siebzehnjährige, stieg in mir erneut, wie schon so oft zuvor, der glühend heiße Wunsch auf, meine Eltern – aber auch meine so ganz nebenbei geschmähte Schwester – bis aufs Blut zu verteidigen. Zwischen all den Ärzten und sonstigen Akademikern nahmen sich meine Eltern so normal und bodenständig aus, dass ich froh war, zu ihnen zu gehören. Mein Leben lang hatten sie mir erklärt, dass der Charakter des Menschen das Wichtigste sei, weitaus wichtiger als Geld oder Titel, und nun standen sie da oben, verlegen lächelnd, als lebende Beweise und doch unübersehbar geringer geschätzt.

Manchmal denke ich, dass ich insgeheim auch deswegen keine weitere akademische Karriere eingeschlagen habe: Ich wollte nicht zu denen gehören, die sich als etwas Besseres sahen. Und so betrat ich letztlich, ohne es beabsichtigt zu haben, einen Mittelweg: eine akademische Ausbildung, die zu einem künstlerischen Beruf führte.

28

Ganz offenbar hatte mein Großvater bereits als junger Mann schon das ideologische Gedankengut des Nationalsozialismus verinnerlicht, und gerade anhand seines Beispiels habe ich mich schon als Jugendliche gefragt, wie die sogenannte Entnazifizierung nach Kriegsende wohl vonstattengegangen sein mag. Die fast nahtlose Wiedereingliederung meines Großvaters in die akademische medizinische Welt spricht nicht dafür, dass hier eine Zäsur geschaffen wurde, seine ab und zu aufblitzende Denkweise – wie bei ebenjener Feier zum 75. Geburtstag – ebenso wenig.

Was meine Großmutter dazu dachte, weiß ich nicht; sie starb, ehe ich sie besser kennenlernen konnte, und die Frage, ob auch sie dem nationalsozialistischen Weltbild zusprach, lässt sich nicht mehr klären.

Bemerkungen meiner Mutter aber weisen darauf hin, dass meine Großmutter zumindest den Idealen des deutschen Familienbildes dieser Zeit zu genügen suchte. Sieben Kinder zu bekommen, kann kein Zuckerschlecken gewesen sein, entsprach aber dem Wunsch des Führers, den er 1934 in einer flammenden Rede vor der »Reichsfrauenschaft« propagierte: »Was der Mann einsetzt an Heldenmut auf dem Schlachtfeld, setzt die

Frau ein in ewig geduldiger Hingabe, in ewig geduldigem Leiden und Ertragen. Jedes Kind, das sie zur Welt bringt, ist eine Schlacht, die sie besteht für Sein oder Nichtsein ihres Volkes, und beide müssen sich deshalb auch gegenseitig schätzen und achten, wenn sie sehen, dass jeder Teil die Aufgabe vollbringt, die ihm Natur und Vorsehung zugewiesen hat.«

Ausgelaugt und stets müde, so hat meine Mutter ihre eigene Mutter erlebt; ihre feste Überzeugung, von ihrer Mutter zuallererst abgelehnt worden zu sein, da sie, Anke, dunkelhaarig und nicht blond auf die Welt kam, zeugt zumindest von einer gewissen Infiltration durch nationalsozialistische Wertvorstellungen. Groß, blond und kräftig, so sollten die Sprösslinge der Nazizeit sich präsentieren; so wie mein Großvater selbst, der vom Aussehen her durch und durch diesem Idealbild entsprach.

Nachdem er im Sommer 1945 seine Familie gesund und unversehrt in Pönitz wiedergefunden hatte, arbeitete er bis 1947 zunächst als landwirtschaftlicher Deputatarbeiter – ein Glücksfall für die Familie, da er so immer wieder an Lebensmittel gelangte und die schmale Kost deutlich aufbessern konnte.

Offenbar hatte er vor, sich als Landarzt niederzulassen, dazu fehlte ihm aber noch eine geburtsmedizinische Ausbildung. Als er dazu eine Stelle als Volontärsassistent an der Lübecker Frauenklinik annahm, entzog die Gemeinde Gleschendorf der Familie die monatliche Unterstützung, sodass mein Großvater gezwungen war, die Deputatsstelle anzunehmen, um die mittlerweile neunköpfige Familie ernähren zu können.

Soweit die offizielle Version – eine inoffizielle jedoch lautet, dass ihm aufgrund seiner nationalsozialistischen Vergangenheit vorübergehend für die Dauer von drei Jahren die Approbation entzogen wurde.

Pikantes Detail: Sein um ein Jahr jüngerer Bruder Paul hatte ab 1930 eine steile Karriere in der NSDAP, der SA und SS hingelegt. Zuletzt war er als NS-Gauleiter Weser-Ems und Reichsstatthalter für Oldenburg und Bremen in Personalunion sowie als Reichsverteidigungskommissar für das norddeutsche Gebiet verantwortlich für den Tod Hunderter junger Soldaten, da er anordnete, Bremen »bis zur letzten Patrone« zu verteidigen. In seinem übermächtigen Durchhaltewillen zögerte er die längst fällige Kapitulation der Hansestadt immer weiter hinaus und verantwortete damit zudem den Tod Abertausender Zivilisten, die den letzten Kriegshandlungen und Bombenangriffen noch zum Opfer fielen.

Am 2. Mai 1945 erlangte Paul Wegener unter Großadmiral Karl Dönitz, dem letzten Staatsoberhaupt des untergehenden Reiches, noch den Posten des Obersten Zivilen Reichsverteidigungskommissars und wurde zudem Kabinettschef der Regierung Dönitz im Rang eines Staatssekretärs.

Nach dem Krieg wurde mein Großonkel zu sechs Jahren Gefängnis verurteilt und 1951 vorzeitig aus dem Gefängnis Esterwegen entlassen – weil er aus seinem Entnazifizierungsverfahren als entlastet hervorgegangen war.

Wie das gegangen sein soll? Mir ist es auch heute noch ein Rätsel. Meinen Großonkel Paul habe ich persönlich allerdings nie kennengelernt; er lebte nach seiner Entlassung mehr oder minder unauffällig als Prokurist einer Holzhandelsfirma in Süddeutschland. Nach Angaben des britischen Geheimdienstes jedoch gehörte er später zum sogenannten »Naumann-Kreis« um den letzten Staatssekretär des Reichspropagandaministers Joseph Goebbels, einer Art neo-nationalsozialistischen Geheimbundes, der in den fünfziger Jahren die FDP zu unterwandern versuchte. Ein Zeugnis für die gelungene Entnazifizierung?

Mein Großvater selbst hingegen blieb in dieser Hinsicht nach Kriegsende unauffällig. 1948 arbeitete er nach seiner Rückkehr in die akademische Welt zunächst als wissenschaftlicher Assistent, dann als Oberarzt am Pathologischen Institut der städtischen Krankenanstalten bzw. der Medizinischen Akademie Lübeck, zudem leitete er die Prosektur des Krankenhauses Ost. Neben einem Lehrauftrag an der Medizinischen Akademie lehrte er außerdem die Fächer Anatomie und Histologie an der staatlichen Lehranstalt für Medizinisch-Technische Assistentinnen. Als Lehrer und Dozent war er sehr beliebt; kein Wunder – er konnte auch als Privatmann äußerst anschaulich, witzig und lebendig erzählen.

1970, nach seiner Emeritierung, schied er aus dem Lehramt aus, ließ sich als Facharzt für Pathologie nieder und führte bis 1978 ein eigenes pathologisches Institut. In dieser Zeit starb meine Großmutter an Brustkrebs; mein Großvater heiratete ein Jahr danach, 1975, seine langjährige Assistentin, die in unserer Familie längst als »Tante Ulla« bekannt war. Mit ihr reiste er durch die

Welt, um Vorträge zu halten und diverse Würdentitel entgegenzunehmen, darunter die Ehrendoktorwürde der Medizinischen Universität Lübeck.

1990 starb mein Großvater an den Folgen eines Schlaganfalls im Lübecker Klinikum.

29

Vier Jahre litt meine Großmutter an Brustkrebs, vier lange Jahre in einer Zeit, da die medizinische Versorgung und Forschung auch nicht ansatzweise so weit fortgeschritten war wie heute. Wer weiß, ob meine Großmutter heutzutage nicht überlebt und am Ende schlichtweg an Altersschwäche gestorben wäre – aber damals, Anfang der siebziger Jahre, bedeutete eine Brustkrebsdiagnose in der Regel langes Leiden und Siechtum.

Ich selbst erinnere mich gut daran, wie meine Großmutter uns in ihrem vorletzten Sommer besuchen kam; abgekämpft und müde schleppte sie sich die staubige Straße zum Campingplatz an der Ostsee bei Süßau hinunter, wo wir gemeinsam mit den Familien von Mamas Schwestern zwei Wochen Urlaub verbrachten. Das Bild habe ich genau vor Augen: meine Großmutter in beigefarbener Sommerkleidung, mit gebückten Schultern, eine große Reisetasche mit Geschenken für uns sechzehn Enkelkinder in der Hand, wie sie den Weg hinunter auf uns zukommt, ein müdes Lächeln im Gesicht, eine unecht aussehende Perücke auf dem Kopf.

Vielleicht war es das letzte Mal, dass ich sie gesehen habe, vielleicht hat sich ihr Anblick mir deshalb derart tief in mir eingebrannt. Im Sommer danach ist sie gestorben, zu Hause in ihrem Schlafzimmer, reihum besucht von ihren Töchtern.

Auch meine Mutter verbrachte in diesen vier Jahren jede Sommerferien bei ihr, stand ihr zur Seite, umsorgte und pflegte sie. Mein Großvater, der das Leiden seiner Frau nur schlecht ertragen konnte, hielt Abstand.

Später, als er selbst nach seinem Schlaganfall bis zu seinem Tod im Krankenhaus lag, wurde auch er reihum von seinen Kindern besucht. Meine Mutter reiste ebenfalls an und kümmerte sich um ihren 83-jährigen Vater. Zwei Wochen blieben ihnen, zwei Wochen, in denen sie sich am Ende doch noch näherkamen, näher denn je zuvor.

Für meine Mutter waren diese letzten Wochen und Tage, die sie mit ihren sterbenden Eltern verbringen konnte, von großem Wert. Für ihr Gefühl zeitlebens nie ausreichend geschätzt, konnte sie so doch noch zeigen, welche elementaren Fähigkeiten sie besaß – und was wirklich am Ende zählt: Zuwendung und Menschlichkeit.

30

Friedrich Wegener, ca. 1989

Mein Vater hat es am Ende sehr genossen, wenn ich ihm die Hände aufgelegt habe. Er hat gesagt, dass ich heilende Hände hätte – es hat ihm so wohlgetan, wenn ich ihm in diesen letzten zwei Wochen, als er im Krankenhaus lag, meine Hände auf den Bauch oder den Kopf gelegt habe, einfach so, ganz ruhig.

Auch meine Mutter hat das genossen. Ich bin, als sie so krank war, jeden Sommer in der Ferienzeit zu ihr nach Lübeck gefahren und habe mich um sie gekümmert. Manchmal habe ich auch einfach nur an ihrem Bett gesessen und mit ihr geredet. Das war schön, das hat uns beiden gutgetan.

Meine Mutter war sehr hart, aber am Ende ist sie dann weicher geworden. Und sie hat sehr gestaunt darüber, dass ich so lieb mit ihr war – und dass auch meine Kinder so lieb mit ihr waren. Hinich war ja vierzehn, als meine Mutter gestorben ist, und im Sommer vorher, da war er mit in Lübeck und hat dann jeden Tag ganz lange im Krankenhaus bei ihr gesessen. Da hat sie mich ganz verwundert gefragt, wie das kommt, dass wir so lieb zu ihr seien. Ich glaube, sie hat gedacht, sie hätte das nicht verdient. Vielleicht, weil sie auch wusste, dass sie immer sehr hart mit mir gewesen war.

Aber ich war immer schon sozial eingestellt. Ich weiß nicht, woher ich das habe – ich glaube, das ist angeboren. Man kommt schon so auf die Welt.

Ich finde es immer schön, wenn Leute sich freuen. Und wenn man ihnen Gutes tut, dann freuen sie sich.

(Aus einem Interview mit meiner Mutter, 2016)

31

Jetzt, fast neununddreißig Jahre, nachdem meine Mutter sich in den letzten Lebenswochen um ihre eigene Mutter gekümmert und dreiundzwanzig Jahre, nachdem sie ihrem Vater die Hände aufgelegt hat, kümmern sich andere um sie. Erst im Krankenhaus, wo sie gut zehn Tage in ihrem ihr so heimelig anmutenden Sechs-Bett-Zimmer verbringt, dann in der Rehabilitationsklinik im gut zwanzig Kilometer entfernten Nachbarort, wo sie ein neu eingerichtetes Einzelzimmer bezieht.

Der Blick aus dem großen Panoramafenster geht auf eine saftig grüne Wiese hinaus, die von in voller Pracht stehenden Linden umstanden ist. Das weitläufige Gelände um den Klinikkomplex, der auch ein Seniorenheim für Demenzkranke beherbergt, ist zu einer gepflegten Parklandschaft angelegt worden. In der Mitte baden Wasservögel im nierenförmigen Teich, den meine Mutter und ich bei meinem ersten Besuch zwei Wochen später gemeinsam gemächlich umrunden. Allerdings auf eine Weise, die mir zunächst sehr fremd vorkommt: meine Mutter sitzt im Rollstuhl, ich schiebe sie.

Ihr kleiner Kopf mit dem feinen, grauen Kurzhaar erscheint mir aus dieser ungewohnten Sicht von oben winzig, wie der eines Vogeljungen. Aus dieser Perspektive wirkt meine Mutter verletzlich wie noch nie zuvor, verstärkt vermutlich durch die Tatsache, dass sie ganz ruhig und still im Rollstuhl sitzt und erstaunlich oft schweigt.

Ich kenne meine Mutter im Grunde nur als dauerhaft agile Person, stets in Bewegung, kaum je, ohne zu sprechen. Oft redet sie auch weiter, wenn man den Raum wie angekündigt kurz verlässt.

Als sie noch im Haus am Schießplatz lebte, kam es kaum je vor, dass meine Mutter nicht zu hören war; ihre Rückkehr nach einer Abwesenheit kündigte sie, kaum hatte sie die Hintertür geöffnet, sofort mit lauten Rufen an, um dann gleich mit dem Erzählen zu beginnen, bevor man die Treppe hinuntergekommen war.

Ich habe dies letztlich geliebt; die Gesprächigkeit meiner Mutter machte wiederum mir ein heimeliges Gefühl, allerdings uneingeschränkt nur in ihren eigenen vier Wänden, anderswo konnte und kann ihre Redelust durchaus auch einmal anstrengend sein.

In der Rehabilitationsklinik allerdings nun ist meine Mutter nahezu verstummt; schweigend sitzt sie mit gefalteten Händen im Rollstuhl und betrachtet die Landschaft, während ich hinter ihr versuche, mich in der ungewohnten Rolle zu üben, ein Gespräch mit ihr zustande zu bringen und dann auch am Laufen zu halten.

In ihrem Zimmer spricht sie wenig und erstaunlich leise, überhaupt erscheint sie mir verändert. Eine ganz andere Frau tritt hier, in diesem Umfeld, zutage, eine, die ich bisher kaum je kennengelernt habe. Ihr oftmals ungezügeltes Temperament ist deutlich gedämpft, ernst ist sie, nachdenklich, und sie lacht wenig.

Und so verwundert es mich nicht, als sie mir erzählt, dass sie das Angebot, eine Psychologin zu besuchen, wahrgenommen und dass diese ihr eine depressive Verstimmung bescheinigt hat. Und noch etwas hat sie meiner Mutter mit auf den Weg gegeben: Sie solle sich nach all den Jahren, in denen sie sich nur um andere gekümmert habe, jetzt erst mal um sich kümmern.

Ein wenig bin ich darüber verwundert: Eigentlich hatte ich nie den Eindruck, dass meine Mutter sich nicht um sich selbst gekümmert hat. Dazu besitzt sie meiner Ansicht nach eine viel zu große Präsenz; jemand wie meine Mutter kann sich nicht gänzlich zurücknehmen, wohl aber sich um andere kümmern. Sechzehn Jahre lang hat sie meinen Vater in seiner Krankheit begleitet, ihn am Ende liebevoll und zugleich, wie es ihre Art ist, robust und tatkräftig gepflegt.

Dass sie selbst aber sich dabei gänzlich vergessen hätte, das glaube ich nicht.

Jetzt jedoch, wo nette, junge Schwestern sich mit großer Aufmerksamkeit um ihre Belange sorgen, wo man um ihr Wohlergehen bemüht ist und wo sie sich, vielleicht tatsächlich das erste Mal in ihrem Leben – die früheste Kindheit ausgenommen – um nichts kümmern muss, jetzt scheint ihre Kraft plötzlich gebrochen. Still und erschöpft wirkt sie, zugleich aber genießt sie die ungewohnte Situation des Umsorgtwerdens. Sie arrangiert sich; das kann sie gut, das ehemalige Flüchtlingskind weiß mit traumgleicher Sicherheit, wie es sich in einer neuen Umgebung bewegen und orientieren muss.

Ihr Aufenthalt wird nach sechs Wochen noch einmal um vier weitere verlängert, damit sie wieder zu Kräften kommt. Und sich mit den neuen Gegebenheiten vertraut macht.

Denn bereits in den ersten Tagen nach dem Sturz hat sie sich entschieden, die neue Situation als Sprungbrett zu nehmen. Sie wird nicht mehr in ihre alte Wohnung zurückkehren.

Meine Mutter gibt ihr Zuhause auf.

Und damit verliere ich auch meines.

32

Mein Zuhause: Darf eine Fünfzigjährige das überhaupt sagen, wenn es sich dabei um ihr Elternhaus handelt?

Natürlich ist mir bewusst, dass ich auf eine sehr intensive, fast ungesunde Weise an meinem Elternhaus hänge. Errichtet in den vierziger Jahren, ist es fast so alt wie meine Mutter. Spürbar wird das vor allem an den verbauten Materialien; in Kriegszeiten hochgezogen, ist das Haus bereits bei unserem Einzug Ende der siebziger Jahre fast marode. Es zieht und pfeift durch alle Ecken und Ritzen, der Putz bröckelt, die Regenrinne hängt schief.

In Eigenarbeit verwandelt mein Vater unsere neue Heimat in ein äußerst gemütliches, recht komfortables Zuhause; nach seinem Tod ist es dann, als verlöre das Haus damit seine Stabilität. Nach und nach werden die Mängel sichtbar und dann größer; als meine Mutter schließlich auszieht und ich später durch die Räume laufe, wundere ich mich über den abgewohnten, fast baufälligen Zustand.

Aber noch ist es nicht so weit, noch bin ich damit beschäftigt, mich mental dem Gedanken überhaupt erst zu nähern, dass es diesen Ort, an dem ich mich so lange zu Hause gefühlt habe und heimisch wie nirgendwo sonst, dass es diesen Ort für mich bald nicht mehr geben wird.

An dem Tag, an dem meine Mutter mir in der Reha erzählt, dass sie umziehen möchte, fahre ich in der einsetzenden Abenddämmerung über die Landstraße zurück aus der Rehaklinik in mein altes Zuhause und spüre, wie eine Traurigkeit in mir hochsteigt, deren Durchleben genauso unvermeidbar scheint wie Liebeskummer oder eine Lungenentzündung. Ich will nicht, aber ich muss nun hindurch, durch diese Phase, die sich nicht abkürzen lässt, die genau die Zeitspanne umfasst, wie sie eben dauern wird. Jetzt, hier, im zusehends schwächer werdenden Dämmerlicht, weiß ich, dass ich loslassen muss, dass ich lange Vertrautes aufgeben muss, ohne einen adäquaten Ersatz parat zu haben.

Ich lebe gern in der großen Stadt, in der großen Wohnung, in die ich mit zwanzig Jahren gezogen bin und in der ich seither wohne. Aber den Platz, an dem ich mich so heimisch fühle wie dort, wo ich bald nicht mehr zu Hause sein werde, den Ort, an dem ich den Rest meines Lebens verbringen möchte, den habe ich noch nicht gefunden.

Im Haus meiner Mutter schalte ich die Lampen ein und wandere nachdenklich durch die Räume, meinen kleinen Hund dicht auf den Fersen. Sonst rollt er sich gern direkt nach der Ankunft zufrieden in seinem Körbchen im Flur zusammen, jetzt aber folgt er mir auf Schritt und Tritt durchs Haus, bleibt in jedem Türrahmen stehen und beobachtet mich aufmerksam, als versuche er, meine Stimmung zu erkunden.

Ich komme ihm vermutlich seltsam vor, und so fühle ich mich ja auch. Vielleicht spürt auch er diese Anmutung von Verlassenheit und Verlorensein, die mich jetzt, Monate, bevor es so weit sein wird, umfängt.

Ich werde dieses Haus und damit meine Heimat verlieren.

Meine Mutter hat sich bereits verabschiedet.

Mir steht dieser Abschied allerdings noch bevor.

33

Welch ein Jahr – 1959!

Im Sommer habe ich Horst, meinen lieben Ehemann, kennengelernt. Ich hatte Ferien und lag am Strand am Brodtener Ufer. Erst wurde ich von einem sehr korpulenten fremden Mann angequatscht, aber er hatte kein Glück bei mir. Dann kam ein schlanker, braungebrannter Typ auf mich zu und fragte: »Warum liegen Sie hier so alleine?« Schlagfertig, wie ich war, sagte ich: »Setzen Sie sich doch zu mir, dann bin ich nicht mehr so allein.«

Da war das Eis gebrochen.

Wir sind zusammen schwimmen gegangen und haben den Tag super verbracht. Am Abend aßen wir am Bahnhof, dann fuhren wir zusammen mit dem Zug zurück vom Strand nach Lübeck.

Meine Mutter war nicht begeistert von meiner späten Rückkehr nach Hause. Aber ich war selig; ich hatte mich wahnsinnig verliebt.

Er war der Mann meiner Träume, und alles wurde Wirklichkeit.

(Handschriftliche Notiz meiner Mutter, verfasst in der Reha-Klinik, 2013)

August, Kurt und Horst Fessel, ca. 1943

34

Das Jahr 1933 beginnt mit einem Paukenschlag: Hitler und seine Nationalsozialisten ergreifen die Macht. Und meine Oma, Lucie Fessel, geb. Rohde, wird mit ihrem ersten und einzigen Sohn schwanger. Lucie, 1909 in Dessau geboren, und ihr fünf Jahre älterer Mann Kurt freuen sich sehr auf ihr Kind, wenngleich die Zeiten unsicher und turbulent sind: Die Weimarer Republik ist am Ende, das Dritte Reich beginnt seinen unaufhaltsamen Aufstieg. Die NSDAP führt das Einparteiensystem ein, errichtet in Dachau das erste Konzentrationslager und sorgt dafür, dass Deutschland aus dem Völkerbund austritt.

Am 11. November, dem Martinstag, wird mein Vater geboren und erhält den äußerst beliebten Rufnamen Horst, dazu den Zweitnamen Martin. Seine Mutter kümmert sich rührend um den kleinen Sohn; sie selbst hat im Alter von elf Jahren ihre Mutter verloren – ihr Vater wird auch nur achtundvierzig Jahre alt – und wird dann von ihrer Tante Lucie aufgezogen, um die sich viele Jahrzehnte später wiederum ihr jetzt frischgeborener Sohn und dessen Frau, meine Mutter, in den letzten Lebensjahren kümmern werden.

Die junge Lucie erlernt in Helmstedt, wo sie die meiste Zeit aufwächst, und – nach einem durch die Versetzung des Vaters bedingten Umzug – in Wernigerode den Beruf der Schneiderin. Sie wird von ihrer Lehrherrin, der Schneidermeisterin Else Köster, liebend gern weiterbeschäftigt und erwirbt sich »durch Fleiß, Aufmerksamkeit, sowie durch ihr angenehmes Wesen meine und ihrer Kollegin größte Zuneigung«, wie Else Köster 1926 im Zeugnis schreibt, das sie der jungen Schneiderin mit sichtlichem Bedauern ausstellt – denn die 17-jährige kündigt wenige Monate nach Erhalt ihres Lehrbriefes ihre dortige Stelle, »weil sie in der Welt Umschau halten will«.

Diese Umschau führt sie allerdings nicht allzu weit. In ihrer neuen Stellung nach Bärwalde hält es sie nicht lang – nach einem halben Jahr kehrt sie zurück nach Helmstedt. Vielleicht hat sie da bereits ihren zukünftigen Mann Kurt kennengelernt, einen jungen, gutaussehenden Kaufmann, der allerdings große Schwierigkeiten hat, eine Stellung zu finden.

Die Vorfahren meines Großvaters Kurt Fessel stammen aus Hasselfelde im Harz, er selbst jedoch ist in Braunschweig geboren und in Helmstedt aufgewachsen. Nach Abschluss seiner Kaufmannslehre im Januar 1924 folgen fünf kurzzeitige Anstellungen, unterbrochen von Zeiten längerer Arbeitslosigkeit. Als er und die junge Lucie am 6. Juni 1931 heiraten, ist er noch weitere zwei Jahre als Buchhalter bei einer örtlichen Eisenfabrik Hermann Wille beschäftigt. Einige Monate vor der Geburt meines Vaters wechselt er die Stelle, danach folgen bis zu seiner Einberufung noch zwei weitere kurzfristige Anstellungen.

Die Zeiten sind schwer, fast alle Kündigungen finden aus wirtschaftlichen Gründen statt – eine allgemeine Situation, die dem aufkeimenden Nationalsozialismus fruchtbaren Boden bereitet. Auch meine Großmutter hat zu kämpfen, wenngleich sie keine Mühe hat, eine Anstellung zu finden, doch sie hegt weitergehende Pläne.

Erst einmal aber kommt vier Jahre nach der Geburt meines Vaters am 12. August 1937 seine kleine Schwester Thea zur Welt; die wenigen Kinderfotos, die mein Vater besaß, zeigen beide Kinder lächelnd und einander deutlich zugeneigt bei einem Spaziergang, zusammen mit ihrer Mutter oder auf einem Baumstumpf sitzend.

Meiner Großmutter gelingt es trotz der unsicheren Zeiten und der zweifachen Mutterschaft, ihre Prüfung zur Schneidermeisterin abzulegen und sich danach selbstständig zu machen.

Die Freude darüber allerdings währt nur kurze Zeit. Denn Thea stirbt, gerade einmal gut dreieinhalb Jahre alt, am 5. März 1941 an den Folgen einer Herzmuskelentzündung, als sich mein Opa, mittlerweile zur Wehrmacht eingezogen, im besetzten Dänemark befindet.

Thea heute Morgen entschlafen, lautet die schlichte Zeile auf dem Telegramm. Mein Opa bekommt zwei Tage Fronturlaub und eine Sonderfahrkarte, mit der er für zwanzig Pfennige nach Helmstedt und zurück reisen kann.

Für meinen Vater, der seit Ostern des Vorjahres die erste Klasse der Lutherschule besucht, ist der Verlust seiner kleinen Schwester nur schwer zu ertragen. Noch schwerer aber fast fällt es ihm, die gedrückte, hoffnungslose Stimmung zu Hause zu erdulden, die dem Tod Theas monatelang vorausgegangen ist und nun weiter anhält.

Heutzutage wäre meine einzige Tante väterlicherseits mit nahezu hundertprozentiger Wahrscheinlichkeit gerettet worden; eine Herzmuskelentzündung zu behandeln und – bei Thea eine zusätzliche Komplikation – ein Loch im Herzen zu verschließen, zählt mittlerweile zu den Standards medizinischer Versorgung. Aber zu Kriegszeiten ist daran nicht zu denken; das lebensrettende Penicillin, geschweige denn ein anderes Antibiotikum, ist nicht zu bekommen. Und so stirbt meine Tante Thea, der ich Jahrzehnte später wie aus dem Gesicht geschnitten scheine, einen langen, schweren Kindertod, mitten in den Kriegswirren des Jahres 1941, traumatisch für alle Beteiligten.

Wo genau mein Opa sich während der Kriegsjahre befand, weiß ich nicht; überhaupt weiß ich nur wenig über ihn. Menschen seiner Generation und auch der Generation meines Vaters haben nur marginale digitale Spuren hinterlassen; wenige Fotografien gibt es, vergilbte Familienfotos aus dickem Karton, auf denen ernste Männer mit gezwirbelten Schnurrbärten und traurig dreinblickende Frauen in gerafften Kleidern in die Kamera sehen, dazwischen Kinder, in deren misstrauischen Gesichtern ich eine vage Ähnlichkeit miteinander und mit mir selbst zu entdecken meine.

Mein Opa, der mich wegen ebendieser Ähnlichkeit vergötterte, findet schließlich erst 1955 eine längerfristige Anstellung als Verwaltungsangestellter bei den »Engländern«, den britischen Stationierungsstreitkräften in Helmstedt.

Nach knapp neunzehn Jahren kündigt er auf eigenen Wunsch; gerade einmal zehn Monate, bevor er einem langwierigen Magen-Darm-Leiden erliegt. Was ihn zu diesem einschneidenden Schritt, so kurz vor Erreichen des Rentenalters, bewogen hat, bleibt im Dunkeln.

Meine Oma hingegen wird in den Kriegsjahren 1943/44 als Rüstungsarbeiterin in einer Maschinenfabrik herangezogen und macht sich nach Kriegsende als Schneidermeisterin selbstständig.

»Väterchen«, mein Opa, flößte meiner Mutter zeitlebens ein wenig Furcht ein, die sie nicht recht zu spezifizieren wusste. Zu mir war er stets lieb; aber besonders an meine Oma, von meinen Eltern »Mutti« genannt, erinnere ich mich als äußerst herzliche Frau, ihre Liebe zu ihrem Sohn und auch uns war immer deutlich spürbar.

Umgekehrt hatte mein Vater auch ein sehr enges Verhältnis zu seiner Mutter. Nachdem mein Opa im August 1973 gestorben war, rief mein Vater sie täglich an, und als sie im Januar 1975 auf der Rückreise von ihrem Weihnachtsbesuch bei uns auf der heimischen Helmstedter Bahnhofstreppe tot umfiel, erlebte ich meinen Vater zum ersten und einzigen Mal haltlos weinend und außer sich vor Kummer.

Genau in der Zeitspanne zwischen dem Tod seiner Eltern starb auch seine Schwiegermutter; das geballte Sterben der vorigen Generation – mein Opa wurde neunundsechzig Jahre alt, beide Großmütter fünfundsechzig –, verursachte eine Zeit des Kummers und der Bedrücktheit, in der sich meine Eltern in der Nachschau viel Halt geben konnten, obwohl sie beide ganz für sich trauerten.

Mein Vater, der nach dem Tod seiner Schwester als Einzelkind aufwächst, muss es später so manches Mal als belustigend empfunden haben, in eine so kinderreiche Familie eingeheiratet zu haben wie die meiner Mutter. Alles an dieser Familie ist ganz anders als bei ihm zu Hause: Hier herrscht Trubel statt Ruhe, laute Stimmen statt ruhige Töne, viele Menschen wirbeln durch die Räume statt des gewohnten Dreiergespanns. Neben den sechs Geschwistern meiner Mutter und ihren Eltern sind Anfang der sechziger Jahre meist noch das Kindermädchen Lydia und weiteres Personal im Hause Wegener unterwegs; mein Vater perfektioniert ob des stets turbulenten Geschehens wohl schon früh seine mir später gut bekannte Methode, darauf zu reagieren: mit einem amüsierten Grinsen und einem Rollen der Augen gen Himmel.

Bevor er aber für meine Mutter der »Mann meiner Träume« wird, hat mein Vater einen recht steinigen Weg zurückzulegen. Von häufigen Schulwechseln bleibt er zwar verschont, da seine Familie seine gesamte Kindheit über in Helmstedt sesshaft bleibt und auch später nie den Wohnort wechselt, aber das Geld ist knapp. Wie schon vor seiner Einberufung verdient mein Opa auch nach der Rückkehr von der Front als Buchhalter einer Seifenfabrik gerade genug, um seine kleine Familie über die Runden zu bringen; das Schulgeld aber für die gymnasiale Ausbildung des einzigen Sohnes, der im Juli 1944 die Lutherschule verlassen hat und seit dem 1. August desselben Jahres das Julianum, die Staatliche Oberschule für Jungen in Helmstedt, besucht, lässt sich so nicht aufbringen, auch wenn meine Oma als Schneidermeisterin hinzuverdient. Nach der zehnten Klasse – die Schuljahre dauern in jener Zeit klassischerweise von Michaelis (der Michaelistag liegt am 29. September) bis Ostern – geht mein Vater mit der so erworbenen mittleren Reife vom Julianum ab, um »einen Beruf zu ergreifen«, wie es in seinem Abgangszeugnis vom 21. März 1951 heißt.

Der erwähnte Beruf ist eine Ausbildungsstelle als Sargtischler; zusammen mit dem Tischlermeister fertigt er Särge, die er dann mithilfe eines kleinen Karrens ausliefern muss. Die handwerkliche Tätigkeit macht dem 17-jährigen zwar Spaß, aber dass er darin nicht seine Zukunft sieht, ist ihm schon vorher klar gewesen.

Liebend gern möchte er Musiker werden – seine Leidenschaft für Jazz und klassische Musik setzt er zeitlebens auch praktisch um: Als junger Mann spielt er Trompete und Kontrabass in einer Jazzband, später erlernt er sämtliche Zupf- und Blasinstrumente, derer er habhaft werden kann, und gründet und leitet über Jahre hinweg einen vielbeachteten Posaunenchor mit angeschlossener Kirchenband –, aber damit lässt sich Anfang der fünfziger Jahre kaum genug verdienen, um auch nur halbwegs über die Runden zu kommen.

Überhaupt ist es ungemein schwer, in jenen harten Nachkriegsjahren – das Wirtschaftswunder ist noch eine Ewigkeit entfernt – einen einigermaßen einträglichen Brotberuf zu finden. Noch schwerer eine Ausbildung, in der es sich weiterkommen lässt. Mein Vater aber möchte sich gern weiterentwickeln; als wissensdurstiger, vielseitig interessierter Mensch sucht er nach einer befriedigenden, möglichst technischen Tätigkeit, mit der sich eines Tages auch eine Familie ernähren ließe.

In diesen unruhigen Zeiten geht der Aufbau der noch jungen Bundesrepublik mit Riesenschritten voran. Aber auch der Kalte Krieg nimmt an Fahrt auf, der Konflikt zwischen den Westmächten und dem Ostblock spitzt sich zu. Ist zunächst nur eine Polizei auf

Länderebene gestattet, erlauben die westlichen Besatzungsmächte vor diesem Hintergrund der Bundesrepublik die Installierung einer Polizei auf Bundesebene und einer eigenen Grenzschutztruppe, die vor allem bei inneren Unruhen eingreifen und die innerdeutsche Grenze sichern soll.

Die Truppe wird zwar auch paramilitärisch ausgebildet und ausgerüstet – woran mein Vater deutlich weniger interessiert ist –, soll vor allem aber dem Schutz der noch jungen Demokratie dienen. Junge Leute, die mit allen Sinnen und Kräften für die noch vor kurzem mit Füßen getretenen Werte wie Gerechtigkeit und Menschenrechte einstehen, werden dringend gesucht, darunter auch fähige Techniker. Mein Vater, von der ersten Stunde an überzeugter Sozialdemokrat und aufrechter Verfechter der Würde des Menschen, sieht seine Chance gekommen.

Die erste Grenzschutzabteilung der jungen Bundesrepublik stellte sich am 28. Mai 1951 in Lübeck der Öffentlichkeit vor. Wenig später hat die Bewerbung meines Vaters Erfolg; am 19. April 1953 wird ihm im Rang eines Grenzjägers der Beamtenstatus verliehen, kurz darauf beginnt er an der Grenzschutzfachschule im niedersächsischen Holzminden seine dreijährige Ausbildung.

Hochzeit von Anke und Horst Fessel am 9.4.1960 in Lübeck

35

Es gibt nur zwei Sorten von Männern, die du nicht heiraten darfst, Anke: einen Beamten und einen Polizisten. Alles andere ist mir egal.« Bereits am ersten Abend ihres Kennenlernens erzählt meine Mutter ihrem neuen Bekannten vergnügt, welche Warnung ihr Vater ihr in Bezug auf die Wahl ihres späteren Ehegatten mit auf den Weg gegeben hat.

Ich kann mir das Gesicht, das mein Vater machte, bestens vorstellen; schließlich vereinigte er beide Ausschlusskriterien in seiner Person.

Als er und meine Mutter sich an jenem heißen Julitag im Jahre 1959 kennenlernen, trägt er mittlerweile den Dienstgrad des Hauptwachtmeisters, was er meiner Mutter jedoch tunlichst verschweigt. Er erklärt ihr, er mache etwas »mit Technik«, und fürs Erste reicht ihr diese Auskunft. Sie ist ohnehin mehr an seinem schlanken Körper und seinen schönen blauen Augen, die aus dem braungebrannten Gesicht strahlen, interessiert.

Mein Vater ist in jungen Jahren und auch später noch ein sehr gutaussehender, schlanker Mann, mit klaren, scharfgeschnittenen Zügen und einer sehr großen Nase, die er von seinem eigenen Vater geerbt hatte. Er lacht gern und besitzt zudem einen tiefgründigen Humor, der ihn trotz seines an sich eher zur Melancholie neigenden Wesens die Widrigkeiten des Lebens ertragen lässt.

Und Widrigkeiten gibt es vorrangig zu Anfang im Überfluss. An jenem unvergesslichen Abend im Juli 1959 vergeht meinem Vater sicherlich kurzzeitig das Lachen, als meine Mutter ihm fröhlich erklärt, welcher Wind in ihrer Familie weht.

Dieser Wind bläst ihnen beiden in den nächsten Jahren tüchtig entgegen, aber dennoch geht es rasant zu mit meinen Eltern in ihren Anfängen. Sie verlieren keine Zeit: Am 14. Juli 1959 lernen sie sich kennen, zwei Tage später verloben sie sich. Am 8. April des darauffolgenden Jahres heiraten sie standesamtlich, am nächsten Tag kirchlich.

Sieben Monate später, am 14. November, wird mein großer Bruder geboren. Und wiederum knapp vier Wochen darauf, am 10. Dezember, wird mein Vater zum Polizeivollzugsbeamten auf Lebenszeit ernannt.

Den akademischen Ansprüchen meines Großvaters kann er damit selbstverständlich nicht genügen. Zwar akzeptieren meine Großeltern ihren aus einfachen Verhältnissen stammenden zukünftigen Schwiegersohn schließlich, aber große Achtung erwirbt er sich dennoch nicht. Anke, das Dummchen, hat Horst, den Einfachen, geheiratet. Dass die Wohnung meiner Eltern voller Bücher steht, dass beide sich mit Lesen bilden und vielseitig interessiert sind, sowohl am Welt- und gesellschaftlichen Geschehen als auch an zwischenmenschlichen Zusammenhängen, spielt keine große Rolle.

Aber meine Eltern lassen sich davon nicht beeindrucken, jedenfalls nicht so, dass wir Kinder es mitbekommen: Sie lieben einander und uns und stehen zueinander und ihrer Familie, und das ist das Wichtigste.

Übrigens wird mein Vater von den Geschwistern meiner Mutter sehr wohl akzeptiert und sehr gemocht. Nicht alle unter ihnen haben das Glück, einen so liebevollen Mann zu heiraten wie meine Mutter. Und noch dazu einen, der auch ihnen hilft, wo er nur kann, und nicht nur mit handwerklicher Tatkraft: So verfasst er für meine mit mäßigem Erfolg an der Hochschule herumlaborierende Tante die schriftliche Abschlussarbeit und verhilft ihr so zu dem akademischen Abschluss, den sie andernfalls nur schwerlich erreicht hätte.

Mein Vater ist ein freundlicher und umgänglicher Mensch; ich habe nie jemanden etwas Negatives über ihn sagen hören. Nur mit seinem späteren Vorgesetzten beim Bundesgrenzschutz und den autoritären Strukturen dort kommt er nicht gut zurecht, viele Jahre später wird er froh sein, dem Dienst den Rücken kehren zu können. Aber noch ist er ein junger, hoffnungsvoller Ehemann und junger Vater, und das Leben steht ihm und seiner kleinen Familie noch offen.

36

Für Gerechtigkeit sorgen und Schwächere schützen: Diesen Prämissen hatte sich mein Vater verschrieben, und er handelte zeitlebens danach. Nicht zuletzt deshalb war mein Verhältnis zum Staatsdienst schon immer stets in erster Linie positiv; für mich zählt nicht nur die Art, wie jemand diesen Beruf ausübt, sondern auch seine Motivation

In meinem Freundeskreis gibt es gleich mehrere Polizeibeamte; das mag Zufall sein, erscheint mir aber vertraut. Es ist schließlich kein Wunder, wenn man sich gern mit etwas umgibt, das man schon kennt und mit dem man sich wohlfühlt.

In einem linksgerichteten Umkreis wie dem, in dem ich mich seit früher Jugendzeit befand und immer noch befinde, ist meine – ungeachtet aller Kritik am Staatswesen und Polizeisystem – positive Grundhaltung der Polizei und anderen Staatsorganen gegenüber eine Rarität, die ich oft erklären und für die ich mich oft verteidigen musste. Das hat mir allerdings nie etwas ausgemacht.

Die damalige Forderung meines Großvaters an meine Mutter, weder Beamte noch Polizisten zu heiraten, würde bei mir nicht verfangen. Vielleicht ist es in der Tat so, wie meine beste Freundin schon seit jeher behauptet: Man arbeitet in Beziehungen immer einen Elternteil ab – wenn nicht gar beide auf einmal. In manchen meiner Beziehungen habe ich Ähnlichkeiten mit meinem Vater in Bezug auf Charakter, Wertvorstellungen und Vorlieben entdeckt, allerdings auch, wenn auch weniger, mit meiner Mutter.

Für mich oftmals ein Grund zum Lachen, denn neben der großen äußerlichen Ähnlichkeit mit meinem Vater und seinem Hang zur Melancholie habe ich noch etwas von ihm geerbt: seinen Humor.

Damit nämlich lassen sich so manche Unbilden des Lebens leichter ertragen, darunter – mein Vater würde jetzt lächeln, wenn er das hörte – das Zusammenleben mit meiner Mutter.

37

Dass ihre Eltern nicht besonders glücklich über die Wahl ihres Ehemannes sind, macht meine Mutter zwar ein wenig traurig, aber sie ist selbstbewusst – und vielleicht auch trotzig – genug, um sich davon nicht beeinflussen zu lassen.

Ohnehin folgt meine Mutter in der Regel ihrem eigenen Herzen und lässt sich nicht von den Meinungen anderer beeinflussen; eine Eigenschaft, die ich bis heute sehr an ihr zu schätzen weiß. Nicht ein einziges Mal habe ich von ihr jenen Satz gehört, der so viele meiner Altersgenossen durch ihre Kinder- und Jugend-, ja oft auch Erwachsenenjahre begleitet hat: »Was sollen die Leute denken!« Was die Leute denken, ist meiner Mutter herzlich egal, und damit fährt sie gut, auch heute noch, im Alter.

Sich wegzuducken und klein beizugeben ist ihre Sache nicht; meine Mutter versucht schon von klein auf, sich nicht unterkriegen zu lassen und ihre berechtigten Interessen durchzusetzen. Und später, als Mutter und Ehefrau, gilt das auch für ihre Familie. Sie steht immer für uns Kinder ein und verdächtigt uns nie, selbst schuld an erlittenem Unrecht zu sein. Anders als ihre eigenen Eltern stellt sie sich immer auf unsere Seite, wie die sprichwörtliche Löwenmutter eben.

Mein Vater, der von Natur aus ein eher zurückhaltendes Wesen besitzt, stimmt ihr in dieser Hinsicht uneingeschränkt zu und heißt diesen Unabhängigkeitswillen gut, und wir Kinder profitieren deutlich davon. Die Erfahrung, in ihrer Freiheit selbst eingeschränkt worden zu sein, hat meine Mutter gelehrt, die persönliche Entfaltung als hohes Gut anzusehen, das es in jedem Fall zu verteidigen gilt. Und auch wenn sie – wie die meisten Menschen ihrer Generation – dennoch ein gewisses Maß an Autoritätsfurcht besitzt, so ebnet sie uns Kindern durch ihre selbstbewusste Art den Weg in eine eigenverantwortliche Zukunft. Ihr und meinem Vater ist wichtig, dass wir Kinder unseren Weg gehen können; sie erziehen uns zu Selbstständigkeit und einer zutiefst humanistischen, im eigentlichen Sinne utilitaristischen Lebensweise.

Meine Mutter ist eine mutige Frau, fast nichts ist ihr peinlich. Das mögen andere wiederum manchmal peinlich finden, aber ich finde beide Eigenschaften großartig. Mutige Menschen treiben die Welt voran, Peinlichkeit bremst.

Auf ihre Art hat meine Mutter die Welt stets ein bisschen vorangetrieben, und das wird sie auch weiterhin tun.

Lucie Fessel, ca. 1962

Karl Fessel, Februar 1940

38

Die Eltern meines Vaters akzeptieren meine Mutter sofort und ohne jegliche Vorbehalte. Sie mögen die lebenslustige, temperamentvolle junge Frau, die ihr Sohn ihnen da ins Haus gebracht hat. Bereits zum ersten Weihnachtsfest nach der Verlobung bekommt die zukünftige Schwiegertochter von ihnen einen kleinen Berg Geschenke, über den sie sich ungemein freut und von dem sich einige Teile, zum Beispiel der Nähkasten, noch heute in ihrem Besitz befinden. Als dann die Enkelkinder kommen, sind meine Großeltern väterlicherseits überaus glücklich.

In sämtlichen Ferien fahren wir sie besuchen, bis auf einen zweiwöchigen Camping-Aufenthalt an der Ostsee im Kreise der Großfamilie meiner Mutter und einer ausgedehnten Deutschlandreise nach Bayern zu meiner Patentante Hannelore sind dies die einzigen

Urlaubsfahrten, die meine Eltern je mit uns unternehmen. Ich freue mich immer auf die Zeit bei Oma und Opa, und meinen Geschwistern geht es genauso. Unsere Großeltern väterlicherseits sind immer lieb zu uns, deshalb ist jeder Besuch eine Freude.

Auf einem Hochzeitsfoto meiner Eltern strahlen meine vier Großeltern einträchtig in die Kamera. Für meine Eltern ist es eine Liebesheirat, allerdings lässt sich das von außen auch anders sehen: Sie »müssen heiraten«, wie es im damaligen Sprachgebrauch so schön heißt, denn mein Bruder ist bereits unterwegs.

Das hat meine Mutter wiederum nicht sofort bemerkt; in den ersten Monaten der Schwangerschaft versucht sie ihre Gewichtszunahme mit Diätpillen zu begrenzen und verzichtet schließlich, als das nicht fruchtet, wutentbrannt darauf. Erst dann geht ihr auf, dass ihr zusehends rundlicherer Bauch vielleicht auch auf eine andere Ursache zurückzuführen sein könnte.

Die Schwangerschaft allerdings birgt zahlreiche Komplikationen, meine Mutter erleidet eine zwar seltene, aber umso riskantere Eklampsie, die zu einem Nierenversagen führen kann. Zum Glück erholt sie sich wieder einigermaßen rasch.

Mein Vater freut sich unbändig, selbst Vater zu werden; die Eheschließung allerdings ist ihm nicht leichtgemacht worden. Zu damaliger Zeit muss ein heiratswilliger Bundesgrenzschützer bis zum Alter von siebenundzwanzig Jahren die Erlaubnis seines Vorgesetzten einholen – die dieser meinem Vater prompt verwehrt. Erst im zweiten Anlauf gelingt es meinem Vater, die Einwilligung

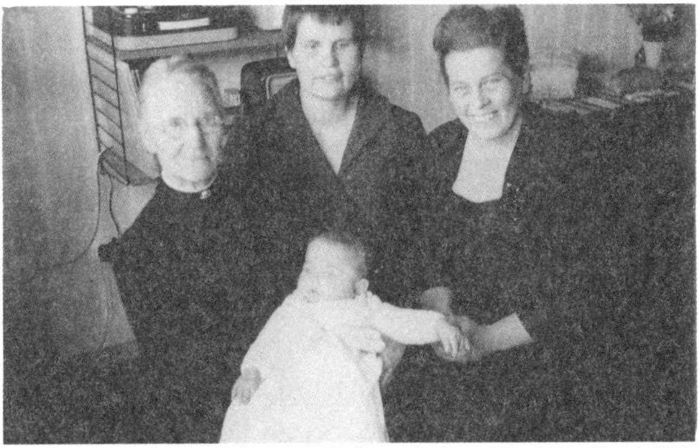

Urgroßmutter Anke Godbersen, Mutter Anke, Großmutter Sophie und Urenkel Jan-Hinrich 1961

zu erhalten, nicht ohne gehässige Kommentare des Vorgesetzten: »Vater werden Sie? Na, warten Sie erst mal ab, so ein Kind kann ja auch tot geboren werden.«

Mein Bruder allerdings kommt am 11. November 1960 gesund und munter auf die Welt. Der erschöpfte junge Vater schickt um 12.35 Uhr ein Telegramm an seine eigenen Eltern: *Ja-Hinrich gesund geboren Anke wohlauf Vater erledigt Gruß Horst.* Das fehlende »n« im ersten Vornamen meines Bruders ist wohl der Aufregung zu verdanken und wird später beim Eintrag in die Geburtsurkunde selbstverständlich korrigiert; wie auch alle weiteren Unterlagen stets richtig und vollständig ausgefüllt und sorgfältig verwahrt werden; mein Vater ist ein sehr ordentlicher und gewissenhafter Mensch, was der Familienführung ungemein zu Gute kommt.

Kurz nach der Geburt ihres ersten Kindes erhält meine Mutter dank ihres Status' als A-Flüchtling ein Darlehen in Höhe von 1600 Mark, und meine Eltern zahlen damit ein kleines Reihenendhaus an, in Lübeck-

Kücknitz, inmitten eines damals hochmodernen Neubaugebietes am nordöstlichen Stadtrand von Lübeck. Hier verbringen meine Geschwister und ich unsere ersten Lebensjahre – für uns eine glückliche Zeit.

Und für meine Eltern?

Ob mein Vater sich in Kücknitz angekommen fühlt? Meine Mutter, nach all den Umzügen, fühlt sich sehr wohl, nicht weit von den Schwestern entfernt, nah an der Ostsee, mit den Nachbarn, die fast alle ebenfalls kleine Kinder haben und dabei sind, sich ein neues, eigenes Leben aufzubauen.

In den Sommermonaten fährt meine Mutter mit uns drei Kindern mit dem Bus ans Meer, im Winter fahren wir auf den nahegelegenen Hügeln Schlitten und streunen durch die Landschaft, immer zu mehreren.

Allerdings: Das Geld ist immer knapp, und oftmals muss meine Mutter dazuverdienen. Bereits im ersten Jahr ihrer Ehe – mein Bruder ist noch ein Baby – arbeitet meine Mutter drei Monate lang als Diätassistentin im Krankenhaus Süd, um das Geld für die Ersteinrichtung des Reihenhauses – Tisch, Schränke und Betten – zu verdienen. Dann passt meine Lieblingstante Sigrid, die sechzehn Jahre jüngere und damit jüngste Schwester meiner Mutter, auf uns auf. Einige der damals von ihrem Lohn erworbenen Möbel besitzt meine Mutter heute noch – und auch ich habe die schwedischen Stringregale aus damaliger Zeit in meiner Wohnung und freue mich täglich daran. Ich nehme an, sie werden nicht nur die Ehe meiner Eltern überdauern, sondern auch meine eigene Lebenszeit und vielleicht gar die meiner Nichten oder meines Stiefsohnes.

Anke Fessel im Garten des frischerworbenes Reihenendhauses in Lübeck-Kücknitz am 8.4.1961

39

Im April 1961 ziehen meine Eltern mit meinem fünf Monate alten Bruder ins Reihenhaus ein; aber sie bleiben dort nicht lange zu dritt. Schon bald nehmen sie eine hochschwangere Freundin meiner Mutter auf, die von einem verheirateten Mann ein Kind erwartet und das vor ihren adligen Eltern geheimhalten möchte.

Das Neugeborene, ein Mädchen namens Ina, bleibt für einige Monate in der Obhut meiner Mutter zurück, während seine junge Mutter nach Hamburg geht, um dort eine Stellung als Diätassistentin anzutreten.

Aber meine Mutter möchte noch weitere eigene Kinder bekommen und sieht sich nicht in der Lage, die kleine Ina noch dazu mit aufzuziehen. Schließlich ruft sie die Mutter ihrer Freundin an, die sogleich angereist kommt. Sie bietet meiner Mutter Geld, wenn sie Ina

Karen-Susan Fessel, ca. 9 Monate alt, im Sommer 1965

behält, aber meine Mutter lehnt schweren Herzens ab. Doch so wendet sich die Lage zum Guten – Inas Mutter versöhnt sich mit ihren Eltern und zieht mitsamt ihrer Tochter für die nächste Zeit zu ihnen. Meine Eltern allerdings hören nie wieder von ihr.

Der Wunsch nach weiteren Kindern wird meiner Mutter zügig erfüllt: Im Mai 1963 kommt meine Schwester zur Welt, gut eineinhalb Jahre darauf werde ich geboren.

Zu dieser Zeit absolviert mein Vater gerade einen Fernlehrgang für Elektrotechniker, den er im September 1966 mit der bestandenen Prüfung abschließt. Sein Wunsch vorwärtszukommen und sich weiterzubilden, bringt ihn dazu, in den sechziger Jahren verschiedene Lehrgänge zu absolvieren, nicht immer zur Freude meiner Mutter, die sich dann manchmal mit den drei Kindern alleingelassen fühlt.

Auch wir Kinder vermissen ihn, und aus den häufigen Verabschiedungen resultiert dann auch mein Familienspitzname: »Gib Papa ein Küsschen!«, fordert mein

Vater mich jeweils auf, aber ich kann dieses schwierige Wort nur schwer aussprechen. »Püsschen!«, rufe ich, und diese zum Spitznamen umfunktionierte lautmalerische Fehlleistung bleibt für immer an mir haften.

Ende 1966 kommt mein Vater nach einigen Wochen um reichlich zehn Kilo schwerer von einem Lehrgang für Peilgeräte aus Ulm zurück und wird von meiner Mutter – »Dick bin ich schon selbst, das braucht mein Mann dann nicht auch noch zu sein!« – prompt einer Diät unterzogen. Die Diät zeitigt Erfolg, und als mein Vater im kommenden Jahr erst nach Pforzheim und 1968 nach Köln reist, um Lehrgänge für Mischgeräte und Schweißtechnik zu absolvieren, kommt er beide Male schlank zurück. Die kurze pummelige Episode aus dem Jahr 1966 bleibt die einzige Zeit in seinem Leben, in der er nicht schlank ist.

Dass meine Mutter ihm seine häufigen Abwesenheiten schließlich mit einer kurzen Liebschaft mit einem italienischen Gastarbeiter vergilt, bekommt mein Vater nicht mit. Antonio Lavornia (meine Mutter wird später zu meiner großen Belustigung stets die Endbuchstaben von Vor- und Nachnamen verdrehen und aus ihrem Liebhaber damit eine Antonia Lavornio machen) arbeitet während einer Sommersaison im Casino Travemünde, wo meine Mutter in der Küche aushilfsweise wieder einmal Geld dazuverdient. Der attraktive junge Mann ist bereit, meine Mutter zu ehelichen und sie mitsamt uns drei Kindern mit in seine Heimat zu nehmen. Meine Mutter entscheidet sich dagegen. Und dafür, meinem Vater diesen Seitensprung tunlichst zu verheimlichen, was ihr auch gelingt.

Ob mein Vater wiederum meiner Mutter treu blieb, weiß ich nicht; und letztlich spielt es auch keine Rolle. Mit derlei Problemen haben meine Eltern ihre Ehe nie belastet; vielleicht war auch gerade das ihr Rezept für eine im Großen und Ganzen glückliche Ehe. Die Liebesheirat bewährt sich; im Hinblick auf die Erziehung der Kinder zieht das junge Paar immer an einem Strang, auch wenn mein Vater, wie damals üblich, den Großteil der Hausarbeit und Kinderpflege meiner Mutter überlässt. Wenn er allerdings hilft, so beim Wickeln oder Baden, wird er rot, wie meine Mutter amüsiert berichtet; sicherlich ist mein Vater ein wenig verklemmt, wie so viele Menschen seiner Generation, im Gegensatz allerdings zu seiner Frau, die das Herz auf der Zunge trägt und selten ein Blatt vor den Mund nimmt.

Mein Vater ist ein introvertierter Typ, der in rascher Folge die Karriereleiter hinaufsteigt, soweit es ihm mit seiner Vorbildung möglich ist: 1966 wird er Meister, 1967 Obermeister und 1968 Hauptmeister. Im selben Jahr wird er versetzt, zum großen Kummer meiner Eltern. Aber alle Einsprüche nutzen nichts; im Februar 1968 müssen wir umziehen. Meine Eltern verkaufen mit großem Verlust das noch lange nicht abgezahlte Eigentum und ziehen schweren Herzens nach Nordrhein-Westfalen in ein Dorf namens Mülldorf, in der Nähe von Siegburg gelegen, unweit von Hangelar, wo sich die neue Dienststelle meines Vaters befindet.

Keiner von uns fünfen wird sich dort je heimisch fühlen.

Anke und Karen-Susan Fessel auf dem Balkon in der Wohnung in St. Augustin-Mülldorf, ca. 1968

40

Vier Jahre bleiben wir in Mülldorf, wo der Bund einen Häuserblock mit Wohnungen eigens für seine Grenzschützer errichtet hat. Unsere liegt im obersten dritten Geschoss, aber der Ausblick ist nicht gerade erbaulich: Nach vorn eröffnet sich ein riesiges Ackergelände, auf dem später zwei würfelförmige Hochhäuser errichtet werden, hinten hinaus verfällt ein abbruchreifes Hexenhaus, das uns Kindern stets große Furcht einjagt, ranken sich doch viele gruselige Geschichten um seine früheren Bewohner.

Für die Eltern wiederum mehr Anlass zur Furcht bietet das nahegelegene Hochsicherheitsgefängnis, aus dem im Laufe der Jahre mehrere Schwerverbrecher entfliehen. Tatsächlich wird von einem entkommenen

Frauenmörder die Tochter des örtlichen Gastwirts eines Nachts auf dem Nachhauseweg vergewaltigt und erwürgt; beim Anblick der notdürftig mit einer Plane verhüllten nackten Frauenleiche im Straßengraben glaubt eine zufällig vorbeikommende Freundin meiner Mutter, eine Schaufensterpuppe sei hier achtlos entsorgt worden.

Mein Bruder besucht die Katholische Grundschule, auf der dann nacheinander 1969 meine Schwester und dann, 1970, ich mit fünf Jahren ebenfalls eingeschult werden. Keiner von uns kommt mit der rheinischen Mentalität zurecht; wir Kinder – vor allem mein Bruder, der beim Umzug sieben Jahre alt ist – vermissen unsere Freunde und die Tanten, meine Mutter verzehrt sich vor Heimweh. Sie fühlt sich isoliert und unverstanden; mit den anderen Bundesgrenzschutzfrauen kann sie wenig anfangen, deren biedere Art bringt sie fast zur Verzweiflung.

Sie als Norddeutsche wird nicht heimisch in der Fremde. Mein Vater auch nicht, aber er hat es ein wenig besser getroffen, da seine Kollegen auf der Dienststelle aus dem ganzen Land kommen und für relativ abwechslungsreichen Kontakt sorgen. Die Fortbildungen und Lehrgänge haben sich ausgezahlt, er wird als Funktechniker beschäftigt und bekommt damit ein Arbeitsgebiet, das ihm ausnehmend gut gefällt und große Befriedigung verschafft.

Im September 1970 wird mein Vater zum Stabsmeister befördert. Damit ist allerdings schon fast das Ende der Fahnenstange erreicht; es ist der vorletzte

Dienstgrad, den er in seinen achtunddreißig Berufsjahren erreichen wird.

Von Beginn unseres Aufenthaltes in Mülldorf an ersucht mein Vater um eine neuerliche Versetzung zurück nach Norddeutschland, aber es dauert bis zum Herbst 1971, dass sein Bemühen Erfolg hat. Der zukünftige Einsatzbereich meines Vaters befindet sich im emsländischen Meppen, unweit der holländischen Grenze, wo er den neuerrichteten Bundesgrenzschutz-Standort als Funktechniker mit aufbauen soll.

Auch in Meppen werden eigens für die Mitarbeiter der Dienststelle neue Wohnblöcke errichtet, bis zu deren Fertigstellung allerdings müssen meine Mutter und wir Kinder noch in St. Augustin-Mülldorf verbleiben. Mein Vater zieht schon voraus und kommt in einem Wohnheim auf der Bundeswehrdienststelle unter. Die Bundeswehr nämlich unterhält in Meppen die größte Erprobungsstelle für Waffen und Munition auf dem ehemaligen Krupp'schen Schießplatzgebiet, das sich auf gut fünfzig Quadratkilometern Sumpf, Moor und Wald ausdehnt. Die neueingerichtete Dienststelle des Bundesgrenzschutzes liegt gleich daneben.

Mein Vater jedoch ist nicht das erste Familienmitglied seiner Sippe, das hier am Schießplatz seinen Dienst absolviert. In seinem Nachlass finde ich fast vierzig Jahre später eine Postkarte meines Urgroßvaters August an seine Frau Helene, 1917 vom Kaiserlichen Schießplatz Wahn abgesandt. Wahn, ursprünglich ein kleines, lebendiges Dorf am nördlichen Rande des Schießplatzes, fällt in den Zeiten des Kalten Krieges der Erweiterung des Schießplatzes zum Opfer; die Ruinen sind später ein beliebtes Ausflugsziel für Radfahrer, auch unsere Familie unternimmt mehrfach Fahrradtouren dorthin.

Ob mein Vater wusste, dass sein eigener Großvater schon hier stationiert war, weiß ich nicht, aber er selbst erkundet die Gegend ausgiebig in seiner Freizeit, bevor wir ihm endlich nach Norden folgen können. Auf unzähligen Briefen und Postkarten beschreibt mein Vater die Schönheiten und seltenen Pflanzen der Moorlandschaft und schickt sehnsüchtige Grüße an uns alle.

Aber erst am 25. April 1972, nach den Osterferien, fährt der Möbelwagen vor. Mein Vater lässt es sich nicht nehmen, uns persönlich abzuholen. Während die Möbelpacker noch mit dem Verladen der Einrichtung beschäftigt sind, steigen wir schon voller Vorfreude in den Familien-Fiat und machen uns auf den Weg nach Niedersachsen.

Einzig meine Schwester ist ein wenig traurig, ihre Freudinnen zurücklassen zu müssen. Aber Heimweh nach Mülldorf wird auch sie nicht verspüren.

Und so verlässt unsere Familie einen Ort, an dem sie sich nie richtig wohlgefühlt, geschweige denn eine Heimat gefunden hat. Was uns erwartet, wissen wir nicht. Aber wir freuen uns darauf, alle fünf.

41

Meine Mutter weiß auch nicht genau, was sie erwartet, als sie sich entscheidet, nicht mehr in ihre alte Wohnung, das Haus am Schießplatz, zurückzukehren. Aber sie spürt, dass es an der Zeit ist, einen Schritt zu machen. Und zugleich einen Schnitt.

Sie trifft die Entscheidung nicht leichten Herzens, aber doch reinen Gewissens. Schon längere Zeit hat sie sich mit dem Gedanken befasst, immer wieder davon gesprochen, sich zu verkleinern. Jetzt ist es so weit; die Entscheidung ist gefallen, und meine Mutter fühlt sich erleichtert.

Und gibt alles weitere in andere Hände.

Ihr Zimmer in der Rehabilitationsklinik wird zur Zwischenstation, zur Atempause. Aller Verantwortung entledigt, während Ärzte, Schwestern, Küchen- und Raumpflegepersonal sich weiterhin um ihr Wohlbefinden kümmern, widmet meine Mutter sich ihrer Genesung; zwanzig Kilometer entfernt macht sich ihre Freundin Birgit an die Arbeit, eine passende Wohnung für meine Mutter zu finden.

Birgit, alteingesessene Apothekerin, patent und kundig, verfügt über zahllose Kontakte, Ideen und vor allem unerschöpfliche Tatkraft. Ihre eigenen Eltern bewohnen seit Jahren eine Wohnung in einer nahe der Innenstadt gelegenen Seniorenanlage, die von einem öffentlichen Träger betrieben wird; und schon nach wenigen Tagen hat Birgit auch schon eine passende Wohnung im selben Haus ausfindig gemacht. Ein Besichtigungstermin wird vereinbart, meine Mutter abgeholt und mithilfe eines Gehgestells durch die Wohnung geführt. Sie braucht nur wenige Minuten, um sich erneut zu entscheiden.

Anke Fessel mit ihren Kindern, ca. 1972 in Meppen

42

Unsere neue Wohnung liegt in Meppen-Esterfeld, im Erdgeschoss eines Sechsfamilienhauses aus rotem Klinker, der hier überall in der Gegend verbaut wird. Mit uns ziehen fünf andere Grenzschutzfamilien ein, darunter der Chef meines Vaters, dessen Frau sich aufgrund der Position ihres Mannes für etwas Besseres hält, womit sie bei meiner Mutter auf Granit beißt.

Aber alle sind sie ebenfalls Zugezogene, das verbindet natürlich. Und alle haben sie Kinder.

Wir sind froh, das Rheinische mit seinen für uns unergründlichen Facetten hinter uns gelassen zu haben. Als Norddeutsche fühlen wir uns hier oben unterhalb Ostfrieslands, dicht an der niederländischen Grenze, fast wie zurück in der Heimat. Das rauere Klima behagt uns allen. Auch wenn wir zunächst misstrauisch beäugt und mein Bruder und ich in der Schule argwöhnisch betrachtet werden – meine Schwester als mittleres Kind scheint grundlegend flexibler und anpassungsfähiger als wir – und auch, wenn wir bis in alle Ewigkeit als Zugezogene gelten werden: Hier passen wir hin.

Die Emsländer sind schlichte, ein wenig grobschlächtige, aber größtenteils ehrliche und anständige Menschen. Gelegentlich lassen sie ein wenig Feingefühl vermissen; man weiß jedoch stets, woran man mit ihnen ist; es gibt kein Rätselraten um Befindlichkeiten oder zurückgehaltene Meinungen.

Von Anfang an kommen wir relativ gut zurecht, jeder von uns auf seine eigene Art und Weise. Meine Schwester und ich werden auf der evangelischen Paul-Gerhardt-Grundschule eingeschult, mein Bruder kommt auf das ehemalige Kreisgymnasium für Jungen, das auch wir Mädchen später besuchen werden. Meine Mutter schließt rasch Kontakt und blüht nach den unbefriedigenden Jahren in Mülldorf zusehends auf. Meinem Vater macht seine Arbeit Spaß, er kann sich sein eigenes Büro und seine Funkstation von Anfang an selbst aufbauen und einrichten. Er und meine Mutter spüren, dass sie hier, in diesem abgelegenen Landstrich, heimisch werden können, und überlegen, wie ihnen das am besten gelingen könnte. Viele Möglichkeiten, sich aktiv am Kleinstadtleben zu beteiligen, gibt es nicht – entweder Sport oder Kirche, so lauten die Optionen.

Meine Eltern sind beide evangelisch getauft, aber keine eifrigen Kirchgänger. Das ändert sich jedoch in den kommenden Jahren.

Als evangelisches Kirchenmitglied allerdings lebt man im Emsland der siebziger Jahre in der Diaspora, die überwiegende Mehrheit der Einwohner ist katholisch; aber nicht nur deswegen wird dieser Landstrich als »schwarz« bezeichnet, sondern auch wegen der Tatsache, dass die meisten Einwohner seit Gründung der Bundesrepublik CDU wählen.

Da meine Eltern sich beide nicht für sportliche Aktivitäten interessieren, fällt die Entscheidung nicht schwer. Meinem Vater ist sogar Fußball zuwider, nicht ein einziges Mal sehe ich ihn ein Spiel im Fernsehen verfolgen: »Männer in kurzen Hosen, die einem Ball hinterherlaufen – lächerlich!« So engagieren beide sich in der evangelischen Kirchengemeinde, meine Mutter zunächst in der Seniorenarbeit, mein Vater schlägt zwei Fliegen mit einer Klappe und wird auch musikalisch wieder aktiv, indem er den brachliegenden Posaunenchor der Gemeinde wiederbelebt und schließlich auch 1976 die Prüfung zum nebenberuflichen Posaunenchorleiter ablegt. Mit großem Eifer bereitet er Konzerte vor, bildet Bläser aus und gründet eine Kirchenband namens »Noah's Arche«, die sich weit über die Landesgrenzen hinaus einen hervorragenden Ruf erarbeitet.

Wir drei Kinder sind im Posaunenchor auch dabei: Meine Schwester und ich spielen zunächst Flöte, später wechselt sie zur Posaune, während ich nach dem halbherzigen Erlernen einiger Blasinstrumente dann doch lieber Sängerin in einer eigenen Neue-Deutsche-Welle-Band mit dem schönen Namen »Die allgemeingültige Norm« werde. Mein Bruder hingegen bleibt dem Posaunenchor und der dazugehörigen Kirchenband auch noch lange Jahre nach seinem Wegzug als Bassist treu. In »Noah's Arche« lernt er auch seine spätere, aus der Nachbarstadt Lingen stammende Frau Ute kennen, eine schicksalshafte Begegnung.

Und auch sonst sind wir Kinder in der Kirchengemeinde aktiv. Neben dem obligatorischen Konfirmationsunterricht besuchen wir alle drei regelmäßig die Pfadfinderstunden. Mein Bruder wird dort als Gruppenleiter aktiv und kann sich später sogar vorstellen, beruflich in die Pfadfinderarbeit einzusteigen. Ein nach dem späteren Bundeswehrdienst begonnenes Theologiestudium wird er dann allerdings nicht zu Ende führen, statt dessen auf Informatik umsatteln und später sehr erfolgreich im Bereich der Telekommunikation arbeiten.

Unsere Wohnung in Esterfeld ist groß genug, dass mein Bruder ein – wenn auch winziges – eigenes Zimmer bekommt und wir Mädchen eines zusammen. Gesellschaft leistet uns ein Hamster namens Dickerchen, zwei Jahre später dessen Nachfolger Pauli, gefolgt wiederum von Josefine, die, nachdem der Irrtum aufgeklärt ist, in Yusuf umbenannt wird.

Und noch ein kleiner Mitbewohner zieht später mit ein: Lasse, unser Rauhaardackel. Mein Vater wird stets behaupten, dass er ihn aufgrund des Drängens von uns Kindern angeschafft hat, aber das stimmt nicht. Mein Vater selbst ist die treibende Kraft; überaus gerührt ist er, als einer der winzigen Dackelwelpen beim Züchter an den Zaun läuft und ihm mit seinen spitzen Zähnchen in die Finger beißt. Genau diesen wählt er aus, und diese erste Begegnung wird richtungsweisend für ihre Beziehung bleiben, ein ganzes Hundeleben lang: Der Dackel fordert meinen Vater heraus, und der lässt ihn gewähren.

Nur ungefähr ein halbes Jahr wird Dackel Lasse in unserer Mietwohnung in Esterfeld verbringen. Schon bald erhält er Gelegenheit, eine eigene Doppelhaushälfte und den dazugehörigen Garten zu bewachen.

43

Im Frühherbst 1979 fahre ich bis zum Wintereinbruch jeden Tag nach der Schule drei Kilometer stadtauswärts mit dem Rad, durch die Unterführung, die langgezogene Ausfallstraße entlang, vor dem Stadion den Berg hoch und dann noch ein Stück durch den Wald und über die Schienen, bis ich vor einem zweitstöckigen Doppelhaus stehenbleibe. Dort, im Schatten einer weit ausladenden Lärche, halte ich an, kauere mich auf den Lenker meines Rades und betrachte das einstmals hell gestrichene, jetzt aber schon recht verwitterte Gebäude auf der anderen Straßenseite.

Ein paar ebenerdig gelegene Wirtschaftsräume, ausgestattet mit kleinen Fensterluken, schließen sich zur Linken an das würfelförmige Haupthaus an, das man über vier Treppenstufen erreicht. Zwei große Fenster mit Holzläden zeigen zur Straße hin, darüber ein Erkerfenster, über dem das rotgeziegelte Dach aufragt. Eine hölzerne Gartenpforte begrenzt einen fußballfeldgroßen Garten, der sich hinter dem Haus bis zu einer Böschung zieht.

Vögel singen, die hohe Lärche in meinem Rücken rauscht sanft, und mein Herz ist von einer so allumfassenden Freude erfüllt, dass ich lachen könnte. Ich sauge den Anblick des Hauses tief in mich ein, präge mir jedes Detail ein: die abgestoßenen Treppenstufen, die zum Eingang hinaufführen, die verwilderte Hecke, die das kleine Gartenstück nach vorn zur Straße hin schützt, die unebenen Steinplatten in der Einfahrt und vor allem das quadratische Gaubenfenster im Obergeschoss. Wenn ich die Augen zusammenkneife, kann ich mich selbst dort oben sitzen sehen, hinter dem Fenster, am Schreibtisch, den Kopf leicht gesenkt, wie ich kleine Geschichten in mein Notizbuch oder die ersten philosophischen Gedanken meines neu erwachten Bewusstseins in mein Tagebuch schreibe.

Ich bin vierzehn Jahre alt, und hinter diesem Fenster dort oben werde ich, noch ehe das Jahr um ist, leben. Das dort oben wird mein Zimmer sein, mein eigenes Zimmer. Dort oben werde ich aufregende Zukunftspläne schmieden, mich mit Menstruationsbeschwerden im Bett wälzen, sehnsüchtig an meinen 500 Kilometer entfernt lebenden Freund denken und später an die erste Frau, in die ich mich verliebe. Dort oben hinter dem Gaubenfenster werde ich fürs Abitur lernen, in mühevoller Kleinarbeit eine Jacke aus Lederresten nähen und unzählige Seiten schreiben. Ich habe es noch nicht gesehen, ich ahne nicht, wie die Räume geschnitten sind, aber ich weiß es einfach: Das da oben ist mein Zimmer. Mein erstes, eigenes Zimmer.

Die Vorfreude schmerzt fast körperlich, so intensiv erfasst sie mich.

Und jedes Mal, wenn ich dann schließlich mein Rad wende und zurückfahre, die drei Kilometer in die Stadt hinein und die vier Kilometer in der anderen Richtung wieder hinaus bis zu unserer Wohnung in der Esterfelder Mietskaserne, jedes Mal, wenn ich das Haus hinter mir lasse, um am nächsten Tag nach der Schule wieder zurückzukehren, jedes Mal weiß ich mit noch größerer Gewissheit, was mir beim ersten Anblick schon klar gewesen ist: In diesem Haus werde ich glücklich sein.

44

Tatsächlich kommt es auch so: Vom ersten Augenblick an bin ich in diesem Haus glücklich. Und nicht nur ich, auch meine Schwester, meine Mutter, mein Vater fühlen sich hier ausnehmend wohl.

Für meinen achtzehnjährigen Bruder allerdings, der sich zur Zeit des Umzugs bei der Bundeswehr befindet, ist hier kein Platz mehr; ein eigenes Zimmer kann er sich in diesem kleinen, verschachtelten Dreißiger-Jahre-Bau nicht einrichten. Er wird ausquartiert, sozusagen aus dem Nest gestoßen. Wenn er zu Besuch kommt, schläft er im hinteren Wohnzimmer; sicherlich kein allzu glücklicher Umstand für ihn.

Wir anderen richten uns ein, breiten uns aus. Meine Eltern beziehen das untere Schlafzimmer, das nach hinten auf den Garten hinausgeht, jeder von ihnen richtet sich in einem der beiden mit einem Durchgang verbundenen Wohnzimmer einen Schreibtisch ein. Im Keller entsteht ein Hobbyraum für meinen Vater und ein Lagerraum für meine Mutter, vor dem Heizungskeller wird ein Schuhregal eingerichtet. Jeder Platz in den drei kleinen Vorräumen um die Küche herum wird genutzt, Bilder werden in allen drei Flurteilen aufgehängt, das untere WC beanspruchen meine Eltern, das Bad im Obergeschoss ist für uns alle gedacht. Die beiden Dachböden, einer auf der oberen Etage, ein kleinerer im Dachfirst, dienen als Wäscheraum und Möbellager. Meine Schwester bezieht das Zimmer im Obergeschoss, das auf den Garten hinausblickt; ein Durchgangszimmer, bis mein Vater, geschickt wie er ist, aus Rigipsplatten einen kleinen Flur einzieht.

Und ich bekomme mein Zimmer.

45

Am 25. April 1972 sind wir aus Siegburg-Mülldorf nach Meppen-Esterfeld gezogen. Der Meldeschein, mit dem mein Vater unsere Familie – sich selbst als Familienoberhaupt mit vier Angehörigen – von Esterfeld nach Meppen-Vormeppen, Schießplatz 7, ummeldet, datiert vom 1. Dezember 1979, gut siebeneinhalb Jahre später. Knapp achtzehneinhalb Jahre, bis zu seinem Todestag am 25. April 1998, wird mein Vater im seinem geliebten Haus am Schießplatz leben; auf den Tag genau sechsundzwanzig Jahre wird er in Meppen verbringen, die längste Zeit seines Lebens – achtzehn Jahre hat er zuvor in seiner Geburtsstadt Helmstedt gelebt, insgesamt dreizehn in Lübeck, drei in Holzminden und vier in Siegburg-Mülldorf.

Wie es kommt, dass nicht nur er, sondern wir alle ausgerechnet in dieser verwinkelten, abgelegenen Doppelhaushälfte unsere Herzensheimat finden, mag Außenstehenden zunächst nicht ganz erklärlich scheinen. Immerhin steht das Haus direkt in der Zufahrt zum militärischen Erprobungsgelände, die bewaffneten Wachposten an der Eingangspforte gut hundert Meter die Straße hinunter sind rund um die Uhr im Dienst. Hoher Stacheldrahtzaun grenzt das Gelände rings um

Straße und Haus ab, im verwilderten Wäldchen auf der anderen Straßenseite sind die Ruinen eines verfallenen Bunkers zu sehen, und vom Wachturm schräg gegenüber hat man das Haus und den Garten ungehindert im Blick.

Viermal am Tag brandet der Verkehr direkt vorm Haus vorbei, zahllose Autos, Hunderte von Radfahrern auf dem Weg zu ihrem Arbeitgeber, der Bundeswehr, einem der größten im ganzen Landstrich: morgens um kurz vor sieben hin, mittags um zwölf zurück, um eins wieder hin, um 16 Uhr endgültig wieder zurück.

Ansonsten herrscht vollkommene Ruhe, wenn nicht gerade ein Bundeswehrlastwagen oder ein paar Panzer vorbeirollen. Oder ein Zug, denn die Bahnstrekke führt fünfzig Meter weiter vorbei. Zwei-, dreimal am Tag ist das durchdringende Pfeifen eines Güterzuges zu hören, in den Sommermonaten fährt gelegentlich eine historische Eisenbahn dampfend und sprotzend vorbei und hält auf dem ehemaligen Bahnhof Vormeppen hinter der Wiese.

Ansonsten, wie gesagt, herrscht vollkommene Ruhe.

Dann sind nur die Vögel zu hören, in reichlicher Vielfalt, und nachts auch noch die Käuzchen mit ihren durchdringenden Rufen. Jahre später dann auch die Brunftschreie der Damhirsche und das Krachen ihrer Geweihe, wenn sie ihre Kräfte messen.

Und vielleicht ist es genau das: diese Ruhe. Die Natur rings ums Haus. Das Gefühl, hier geborgen zu sein. Und auch beschützt, von den Wachtposten am Ende der Straße.

Mein Vater genießt das Vogelgezwitscher und den Frieden, den er in seinem Hobbykeller und bei der Gartenarbeit verspürt. Meine Mutter vermisst zwar ein wenig Nachbarschaft ringsum – in der anderen Hälfte des Doppelhauses wohnen Zeugen Jevohas, ein Lastwagenfahrer mit seiner konvertierten Ehefrau und zwei Töchtern, etwas jünger als meine Schwester und ich; ein Haus weiter ein Mann im Alter meines Bruders und ein kettenrauchender Witwer, der nach dem Tod seiner Frau allein vier rothaarige Kinder großzieht, und schräg gegenüber lebt eine zurückgezogene Familie, die man kaum je zu Gesicht bekommt. Aber mit dem Fahrrad ist man in zehn Minuten in der Stadt, und meine Mutter vermag es ohnehin, mit ihrer Präsenz auch dieses abgelegene Häuschen mit Lautstärke und Leben zu füllen. Was meinem Vater stets aufs Neue Gelegenheit bietet, die Augen zu Himmel zu verdrehen und dabei zu schmunzeln.

Auch meine Schwester, die wie ich ihr erstes eigenes Zimmer genießt, fühlt sich hier wohl. Und für mich ist es der Himmel.

Ich liebe jeden Stein, jede Stufe, jede knarrende Tür, jeden knorrigen Strauch, jeden Grashalm im Garten. Stundenlang sitze ich im offenen Fenster des Dachbodens über der Hintertür und sehe hinaus in das Waldstück aus windschiefen Kiefern, betrachte die gurrenden Tauben in ihren Kronen. Ich laufe auf nackten Füßen über die sonnenwarmen Steine im Hof, den rissigen Asphalt auf der Straße vorm Haus, liege im Gras hinten im Garten und lausche den Vögeln, während die Sonne langsam hinter den Wipfeln der Kiefern verschwindet.

Abends, wenn alle anderen schon längst schlafen, sitze ich stundenlang an meinem Schreibtisch am Fenster und sehe versonnen hinaus auf die im Mondlicht schweigende Lärche, während ich große Gefühle verspüre und meine Gedanken, Gedichte, Geschichten notiere.

Ich habe meine Heimat gefunden, auch wenn ich sie schon in wenigen Jahren wieder verlassen werde, das ist mir bewusst. Aber noch etwas habe ich gefunden: meine Berufung. Ich will Schriftstellerin werden, und dabei trägt mich ein zartes, kraftstrotzendes und unendlich gutes Grundgefühl, das hier, in diesen stillen Stunden, an diesem stillen, bescheidenen Ort, mit aller Macht heranreift: Mein Bewusstsein erblüht, und daraus werde ich schöpfen. Wenn es gut geht, für den Rest meines Lebens.

46

Als ich meine Mutter das nächste Mal in der Rehabilitationsklinik besuche, berichtet sie mir aufgeregt und voller Vorfreude von ihrer zukünftigen Wohnung, die ich noch nicht gesehen habe.

Ich verspüre ein leichtes Ziehen in der Herzgegend, während ich auf die gepflegte Parklandschaft hinter dem Fenster ihres Zimmers hinausblicke und ihren Ausführungen lausche. Mir ist jetzt schon klar, dass mir der Abschied von unserem alten Mietshaus fast schwerer fallen dürfte als ihr.

Allerdings hat meine Mutter ja auch eine Reihe von Menschen, die alles Notwendige, das mit diesem Umzug einhergehen wird, für sie erledigen werden; einer dieser Menschen bin ich. In dieser Art von Geborgenheit umfangen zu sein, ist sicherlich hilfreich; vielleicht fällt der Abschied vom langjährigen Zuhause ihr so leichter, mit Sicherheit ist es so leichter, grundlegende Entscheidungen zu treffen.

Als ich später durch die nebelfeuchte emsländische Landschaft zurück in mein altes Zuhause fahre, spüre ich eine starke Melancholie in mir aufstiegen. Weite, grüne Felder ziehen vorbei, sattes Gras wuchert neben der Fahrbahn, Wildblumen recken sich in die Höhe, urwüchsige Bäume, in denen Krähen hocken, Holunderbüsche in voller Blüte: eine fruchtbare Landschaft. Schön ist es hier!

Unwillkürlich frage ich mich, wie oft ich noch hier entlangfahren werde. Wie es sein wird in Zukunft, jetzt, da sich mit dem Verlassen des Hauses so vieles ändern wird.

Noch später sitze ich im Garten und betrachte den Abendhimmel über mir. Die hohen Kiefern, die sich in einer sanften Abendbrise wiegen, leuchten schwarz gegen den graublauen Himmel, ein wunderschöner Anblick. Diesen Anblick habe ich schon immer geliebt, wie mein Vater auch. Und wie er sitze ich nun ruhig da und lausche dem abendlichen Gesang der Amseln. Jetzt, wo alles zur Ruhe kommt, erscheint auch der Buntspecht mit seinem Küken; sein flauschig roter Kopf leuchtet zwischen den Stämmen auf. Weiter hinten fliegt laut rufend der Schwarzspecht in seine angestammte Richtung, jeden Abend legt er diesen Weg zurück, stets um dieselbe Zeit.

Kurz darauf tauchen die Fledermäuse über mir auf, fliegen zackig ihre Bahnen, picken die reichhaltige Nahrung aus der Frühsommerluft. Nicht mehr lange, und das Damwild wird sich zwischen den Bäumen hervorwagen, um die Gartenhecke herum zur Straße und hinüber zur Wiese wandern, um die letzten Eicheln des vergangenen Jahres zu suchen.

Mein Vater hat dieses Ausweiten der Naturidylle nicht mehr erlebt, das Damwild tauchte erst auf, als er schon nicht mehr lebte. Es hätte ihm gefallen.

So wie er den unermüdlich schrillenden Zilpzalp geliebt hat, die schnatternden Elstern, die gurrenden Ringeltauben und vor allem den emsig schmetternden Zaunkönig, den ich schon lange nicht mehr gehört habe.

Vielleicht ist er fort, hat sich ein neues Zuhause gesucht.

Ich sehe zur anderen Doppelhaushälfte hinüber; die Nachbarin ist vor eineinhalb Jahren ausgezogen, seitdem steht das Haus leer, der Garten verwildert.

Bald wird alles verwildern. Der Zaun wird einstürzen, das Gras wachsen. Die Blumen verwelken. Vielleicht, denke ich, als ich aufstehe, vielleicht wird dann niemand hier mehr glücklich sein.

47

Die Idylle am Schießplatz wird für uns alle – meinen Bruder ausgenommen, der sein Glück anderswo suchen muss und auch findet – zu einem Ort der Entfaltung. So klein und verwinkelt das Haus auch sein mag, es bietet genug Platz für die verschiedenen Hobbys und Bedürfnisse seiner Bewohner.

Dass eine Mittelstandsfamilie wie wir in einem Mietshaus wohnt, ist eine Seltenheit – im Emsland, wo der Baugrund günstig ist, wohnt man eher im Eigentum. Überall werden Einfamilienhäuser hochgezogen; meine Mitschüler*innen wohnen nahezu alle in eigenen Häusern, in der Regel in vielzimmrigen Bungalows oder Klinkerbauten, die sich später, nach dem Auszug der Kinder, durchweg als überdimensioniert erweisen. Wer kein Eigentum besitzt, wohnt in einer Mietwohnung; Mietshäuser gibt es kaum, und wenn, dann gehören sie, wie unseres, nicht Privatleuten, sondern dem Bund.

Für meine Eltern ist ein Hausbau oder -kauf jedoch keine Option. Besitz ist ihnen generell nicht sonderlich wichtig, Hausbesitz schon gar nicht. Nach dem erzwungenen Verkauf des Kücknitzer Reihenendhauses, das mit großem finanziellen Verlust einherging, ist ihnen die Lust auf Eigentum überdies gänzlich vergangen. Und dass es sich beim Haus am Schießplatz nicht um Eigentum handelt, ist ohnehin kaum zu merken; meine Eltern besitzen volle Handlungsfreiheit und gestalten das Haus und den großen Garten ganz in ihrem Sinne.

Mit großer Begeisterung machen sich beide in Haus und Garten zu schaffen. Mein Vater baut nicht nur das Obergeschoss um und vertäfelt Wohnzimmer und Kellereingang, sondern er errichtet im Garten schon bald ein Gewächshaus, in dem er Orchideen und sonstige Blumenableger züchtet. Unmittelbar davor installiert er eine Pumpe und legt einen Teich an, der schnell von zahlreichen Fröschen und später auch Lurchen bevölkert wird.

Jahre später wird meine Mutter beim Beschneiden des Apfelbaums, der seine krummen Zweige hinüberstreckt, ausrutschen und in den Teich fallen, um mit einem gebrochenen rechten Daumen und einem gebrochenen linken Arm wieder hinauszusteigen. Jetzt aber, lange zuvor, wird der Teich von meinem Vater gehegt und gepflegt, während meine Mutter vorm Gartenzaun am Waldesrand eine gut funktionierende Kompostieranlage betreibt und die Ränder der Beete mit gesammelten Steinen aus dem Wald einfasst. Im Sommer hängt sie die Wäsche an der Wäscheleine auf, die sich an den buntgestrichenen Pfählen entlang quer durch den Garten zieht, im Winter auf dem Dachboden, der ansonsten als moderate Rumpelkammer dient.

Auch der Keller ist zweigeteilt: Im vorderen Bereich richtet sich mein Vater seinen Hobbyraum ein, im hinteren deponiert meine Mutter saisonal Wäsche und Weckgläser. Einen kleinen Teil überlässt sie mir, um dort mein Schlagzeug aufzubauen, das nach meinem Auszug mit meiner Schwester nach Hamburg umziehen wird.

Meine Mutter fährt täglich mit dem Fahrrad in die Stadt, um den verschiedensten Aktivitäten nachzugehen – der Mitarbeit in der Kirchengemeinde, aber auch verschiedenen Kursen in der Volkshochschule, die teils dem Vergnügen dienen – wie das Gestalten von Holzbrettchen –, teils der Nachbildung. Mit recht gutem Erfolg lernt sie Englisch; zudem bildet sie sich zur Schwesternhelferin weiter und nutzt diese Kenntnisse, um in der Folge immer wieder bettlägerige Angehörige von Freundinnen und Bekannten zu pflegen, aber auch Menschen, die ihr durch die Diakoniestation der Kirchengemeinde vermittelt werden, teilweise bis zu deren Ableben.

Auch verdient meine Mutter immer wieder dazu, nicht nur mit ihrer Pflegearbeit. Eine Zeitlang reinigt sie einen Haushaltswarenladen, bis sie, wutentbrannt über die Nachstellungen des Inhabers, ihm den Schlüssel vor die Füße wirft. Lange Jahre bringt sie als Aushilfskraft Schwung in eine der beiden örtlichen Buchhandlungen; einpacken und das Lager bestücken gehören dabei zu ihren angestammten Tätigkeiten, aber belesen, wie sie ist, springt sie zuweilen auch vorn im Laden mit ein und steht als kompetente Beraterin den ausgebildeten Buchhändlerinnen in nichts nach.

Obwohl unsere nach dem angrenzenden Schießplatz benannte Straße recht abgelegen liegt, verdichtet sich in diesen Jahren das soziale Leben meiner Eltern zusehends. Beide sind längst nicht mehr wegzudenkende soziale Stützen der evangelischen Kirchengemeinde; in späteren Jahren wird mein Vater mehrfach in den Kirchenvorstand gewählt. Die Arbeit im Posaunenchor und der Kirchenband nimmt immer mehr Raum in seinem Leben ein.

Meine Mutter sieht allerdings die ausgedehnten musikalischen Aktivitäten meines Vaters gelegentlich auch mit Missfallen; zu groß sind deren Auswirkungen auf das Familien- und auch Eheleben. Sämtliche kirchlichen Feiertage sind mit Gottesdienstbegleitungen blockiert, dazu kommen zahlreiche Auftritte und Konzerte. Darüber hinaus bildet mein Vater seine zumeist jungen Chor- und Bandmitglieder selbst aus, was zusätzlich viele Stunden seiner Freizeit in Anspruch nimmt; und obendrein lauscht er nach jedem Auftritt akribisch den selbstgemachten Aufnahmen, um Misstöne herauszufiltern. An jedem Wochenende ist das Haus von Kirchenmusik erfüllt, und im Keller stapeln sich die Notenblätter und -ständer und diverse Musikinstrumente in ihren Koffern. Meine Mutter ist so manches Mal schwer erzürnt über den immensen Raum, den die Kirchenmusik in ihrem Leben einnimmt, zumal sie selbst nur Koffer und Noten tragend daran teilhat. Das hält sie aber nicht davon ab, mit Inbrunst, sehr laut und tonsicher in der Kirche mitzusingen.

Einer der Höhepunkte des musikalischen Schaffens meines Vaters ist 1981 die Teilnahme mit Chor und Band auf dem Deutschen Evangelischen Kirchentag in

Hamburg. Eines der dort gemachten Fotos ziert danach die offizielle Broschüre der Posaunenchöre in Deutschland; darauf sind – bis auf meine Mutter – alle Familienmitglieder zu sehen: mein Vater dirigierend, meine Schwester an der Posaune, mein Bruder am Bass und ich mit Notenblatt, singend.

Es sind glückliche Jahre, besonders für meinen Vater. Ihm gefällt es am Schießplatz, abgesehen von seinen Posaunenchorfahrten will er hier nicht mehr weg, zum Ingrimm meiner Mutter noch nicht einmal in Urlaub. Zwar hat meine Mutter keine Fernreisen im Sinn, aber die eine oder andere Kurzreise wünscht sie sich schon. Und so reist sie dahin, wo ihre Geschwister wohnen. Davon hat sie ja reichlich zur Auswahl.

48

Als wir das Haus am Schießplatz beziehen, lebt nur eine Schwester meiner Mutter noch weiter südlich in Deutschland, und zwar gut zweihundert Kilometer entfernt in Krefeld: Brita, ihre nächstältere Schwester, mit der sie allerdings zu dieser Zeit noch kein sonderlich harmonisches Verhältnis verbindet – viel später wird sich das noch ein wenig ändern. Die beiden Schwestern haben stets in deutlicher Konkurrenz zueinander gestanden, dennoch ist meine Mutter – wie auch bei den anderen Schwestern – immer zur Stelle, wenn Hilfe gebraucht wird. Anke, tatkräftig, zupackend und patent, ist von allen Schwestern die Erste, die selbst Mutter geworden ist; sie steht den jüngeren gern mit Rat und Tat beiseite.

Als Brita zum dritten Mal Mutter wird, hilft ihre große Schwester mehrere Wochen lang aus.

Wie es der Zufall will, sind die beiden ältesten Schwestern später als Erste verwitwet; die beiden jüngsten wiederum geschieden bzw. getrennt lebend.

Aber in den Achtzigern sind noch alle sechs verheiratet, nur der ältere Bruder Friedrich nicht, der schon immer allein gelebt hat. Viel später jedoch, als er bereits in Rente gegangen ist, wird auch er heiraten, eine junge Russin, die eine kleine Tochter mit in die Ehe bringt; eher eine Zweckgemeinschaft denn eine Liebesheirat, aber beide Partner sind damit augenscheinlich zufrieden.

Außer Brita leben alle anderen Geschwister glücklicherweise in Norddeutschland, also nicht allzu weit weg vom emsländischen Meppen: Friedrich und Maren wohnen in Hamburg, Gesche in Bargteheide, Thyra in Lübeck, genau wie Sigrid, die dann allerdings nach Ottersberg bei Bremen umzieht.

Mit ihren beiden jüngsten Schwestern verbindet Anke eine besonders innige Beziehung, am häufigsten ist sie in der großen Lübecker Jugendstil-Villa zu Gast, in der Thyra mit ihrem Mann und den vier Kindern lebt. Die Nichten und Neffen lieben sie; kein Wunder, meine Mutter ist eine unermüdliche Spielgefährtin und noch dazu meistens fröhlich und immer laut und temperamentvoll. Vor allem die beiden letzteren Eigenarten wird sie sich bis ins hohe Alter bewahren; die Fröhlichkeit macht hingegen zuweilen einer eher altersbedingten Ungnädigkeit Platz.

Manchmal bleibt meine Mutter wochenlang bei ihren Schwestern, spielt mit den Kindern, bringt den Haushalt auf Vordermann und erkundet mit Begeisterung die Inhalte sämtlicher Schränke und Schubladen, was nicht jeder mit derselben Begeisterung hinzunehmen weiß. Auch ihre Art, stets und überall mitmischen und in Kontakt treten zu wollen, stößt ab und zu auf verhaltene Resonanz. Später, mit fortschreitendem Alter, wenn in den mittlerweile kinderlosen Wohnungen weniger zu tun ist, werden ihre Besuche spärlicher, und mit einer gewissen Ernüchterung bemerkt meine Mutter, dass die angekündigten Gegenbesuche sich nur sporadisch ereignen. Auch Telefonate und postalische Kontakte finden nur in spär-

Geschwister Wegener 2002

lichem Ausmaß statt, aber das schreibt sie den etwas trägen Charakteren einigen ihrer Familienangehörigen zu: »Meine Schwester ist ein U-Boot, sie taucht ab und zu mal auf und dann wieder unter!« Sie nimmt es, wie es ist; allerdings dauert es ein bisschen, bis sie die Gegebenheiten zu verschmerzen und richtig einzuordnen gelernt hat.

In den achtziger und neunziger Jahren aber, vor allem in der Zeit, nachdem mein Vater krankheitsbedingt in den Frühruhestand gegangen ist, sind die Kontakte zu ihren Schwestern und ihre häufigen Besuche bei ihnen wie ein Lebenselixier für meine Mutter, die sich nach dem Auszug ihrer Kinder im Haus am Schießplatz zunehmend isoliert fühlt. Sie braucht Leben in der Bude, und wenn in der eigenen Bude nur wenig Leben herrscht – von meinem ruhigen, stets eher wortkargen und wenig unternehmungslustigen Vater und dem alternden Dackel einmal abgesehen –, dann fährt sie eben woanders hin, um dort selbst Leben in die Bude zu bringen. Denn das kann sie gut.

49

An einem sehr frühen Augustmorgen des Jahres 1982 klingelt es an unserer Tür. Ich bin erst vor kurzem aufgestanden und gerade dabei zu frühstükken, verwundert gehe ich zur Vordertür. Schon durch die große Fensterscheibe daneben sehe ich den jungen Polizisten; als ich öffne, streckt er mir verlegen einen blutbeschmierten Helm entgegen.

»Guten Morgen, tut mir leid, dass ich stören muss, aber … äh … Ihr Vater hatte einen Unfall.«

Ich starre den blutigen Helm an. Einen langen Moment ringe ich mit mir, dann nehme ich ihn vorsichtig entgegen. »Was ist denn passiert? Wo ist er? Wie geht es ihm? Lebt er?«

Ob er verletzt ist, brauche ich nicht zu fragen. Die Frage ist, wie schwer.

Der junge Polizist läuft rot an und druckst herum. »Nein, also, er ist im Krankenhaus. Er ist verletzt. Am besten fahren Sie da gleich hin. Wiedersehen.«

Ich halte den Helm immer noch in der Hand, als er sich verabschiedet hat und ich die Tür wieder geschlossen habe. Erst jetzt spüre ich, dass ich am ganzen Körper zittere.

Mein Bruder, der an diesem Tag zu Hause ist und noch im hinteren Wohnzimmer geschlafen hat, fährt mit meiner Mutter und mir ins Krankenhaus. In der kleinen Stadt, in der wir leben, gibt es nur dieses eine; es ist dasselbe, in dem mein Vater knapp sechzehn Jahre später seinen letzten Atemzug machen wird.

Jetzt aber liegt er, angeschlossen an Schläuche und Apparate, übersät mit Blutergüssen und Schürfwunden, eingegipst und verbunden, mit diversen Trümmerbrüchen, Frakturen und Prellungen auf der Unfallstation und lächelt uns schwach entgegen.

Meine Mutter regt sich auf, wie immer, wenn einem von uns etwas passiert oder jemand von uns krank ist. Zugleich ist sie hilflos, genau wie mein Bruder, der schweigend im Hintergrund stehenbleibt.

Ich selbst spüre, wie mich der Schock weiter im Griff hält. Und zugleich brandet eine nie gekannte, bodenlose und unbeschreibliche Traurigkeit in mir auf, die mich eine ganze Woche lang nicht verlassen wird. Diese Traurigkeit fühlt sich wie eine Kapitulation an, eine Kapitulation vor der Unberechenbarkeit des Lebens und seiner Endlichkeit. Mein Vater, das spüre ich in diesen Minuten, die ich traumatisiert als Siebzehnjährige an seinem Bett stehe, mein Vater wird sterben, vielleicht nicht jetzt, aber irgendwann.

Dann wird sein Leben vorbei sein; und in diesem Moment fühlt es sich an, als sei alles Leben, alles Streben vergeblich, umsonst.

Was mich überfällt, ist ein Gefühl, das ich auch heute, vierunddreißig Jahre danach, noch nicht recht in Worte fassen kann, und manchmal glaube ich, dass mein ganzes Streben als Autorin in Wirklichkeit danach trachtet: dieses noch unbeschriebene Gefühl in Worte zu fassen.

In jenen ersten Tagen nach dem Unfall meines Vaters aber empfinde ich es wie eine leichte Depression, eine Vorbotin derjenigen, die mich dann viele Jahre später beim Tod meines Vaters tatsächlich ergreift und gepackt hält. Sechzehn Jahre später habe ich das Gefühl, über einem Abgrund zu balancieren, in den auch ich jederzeit hineinfallen kann, mein Vater, alle Toten sind schon hineingestürzt, ins Bodenlose. Mein Leben scheint mir haltlos, alles Leben, jedes Leben überhaupt, nichts ist gültig, schon gar nicht endgültig, nur der Tod vielleicht oder eher: die Tatsache, dass jemand tot ist und es für immer bleibt.

An jenem frühen Augustmorgen im Sommer, bevor ich Abitur mache und aus Meppen wegziehe, an jenem frühen Augustmorgen weiß ich noch nicht, dass mein Vater tatsächlich in Lebensgefahr schwebt und sich noch eine knappe Woche auf diesem schmalen Grat bewegen wird, die Ärzte haben es uns noch nicht gesagt. Und so stehen wir drei da, meine Mutter, mein Bruder und ich, fassungslos und erschrocken, und sehen meinen Vater an, der sinnlose Dinge sagt, von denen er später kein einziges Wort mehr weiß.

Er weiß auch nicht, wie der Unfall geschehen ist und was danach war, er weiß nichts mehr von diesem Morgen. Wir wissen später, dass ein Autofahrer hinter ihm folgte, zu seinem Glück; denn er war es, der Erste

Hilfe leistete und einen weiteren hinzukommenden Radfahrer zurück zur Tankstelle unten an der Ecke schickte, um den Krankenwagen und die Polizei zu alarmieren. Dieser Autofahrer sah, wie mein Vater auf seinem Motorroller eine Ausweichbewegung machte – vielleicht, wahrscheinlich war ihm ein Kaninchen in den Weg gelaufen, keine Seltenheit damals am Morgen in unserer Gegend –, ins Rutschen geriet, stürzte und mit Schulter und Kopf gegen das einzige Schild weit und breit flog, das Ortsausgangsschild, das das Ende der städtischen Straße anzeigte. Dahinter lag der befestigte Weg, der zur Bundeswehrerprobungsstelle führte, zum Schießplatz, wo ich in unserem kleinen Mietshaus gerade aufgestanden war und frühstücken wollte.

Mein Vater redet sinnlose Dinge, dann verstummt er und lächelt uns verwirrt an, bevor er die Augen schließt. Eine Krankenschwester schickt uns hinaus, aber bevor ich gehe, trete ich noch einmal ans Bett meines Vaters und sage ihm das, was ich ihm nur ein einziges Mal in meinem Leben sagen kann und werde: »Ich liebe dich, Papa.«

Mein Vater lächelt immer noch verwirrt. »Ich hab dich auch lieb, mein Püsschen«, sagt er, und dann schließt er wieder die Augen und macht sie erst einmal nicht mehr auf.

Horst Fessel 1994

50

Mein Vater trägt nicht nur eine dauerhafte Behinderung von diesem Unfall davon – seine rechte Schulter bleibt nahezu bewegungsunfähig, schmerzende Nekrosen machen ihm danach das Leben schwer –, sondern dieser markiert den Anfang vom Ende seines Berufslebens. Zwar wird der Unfall nicht als Dienstunfall anerkannt, da er sich auf dem Weg vom Frühschwimmen zur Arbeit ereignet hat, aber mein Vater wird nie mehr zum Dienst gehen. Die Beeinträchtigungen sind zu schwerwiegend.

Der hohe Blutverlust, den er bis zum Eintreffen des Krankenwagens erlitten hatte, zeitigt gravierende Folgen. Das liegt an der seltenen Erbkrankheit, die angeblich eine frühere Verwandte väterlicherseits in die

Familie getragen hat: Morbus Osler hält meinen Vater seit seinen frühen Vierzigern schon in Atem. Die Erkrankung führt zu einer Erweiterung und Fehlbildungen der Blutgefäße der Haut – zu sogenannten Teleangiktasien –, aber auch innerer Organe; so kommt es zu Blutungen, die vor allem innerorganisch nur schwer gestoppt werden können. Besonders betroffen sind jedoch zu Beginn die Adern in der Nase, was zu krampfanfallartigem Nasenbluten führt.

Meine ganze Jugend über ist mir das Bild meines übers Waschbecken gebeugten Vaters vertraut, der ohnmächtig wütend vor sich hin flucht, während wahre Sturzbäche von Blut aus seiner Nase strömen. Immer standen in der Waschküche Bottiche mit eingeweichten Taschentüchern, die aufs Waschen warteten; ein metallischer Geruch durchzog den Raum.

Nur gut achthundert Menschen in der Bundesrepublik sind von dieser Krankheit betroffen, die Forschung ist marginal. In den Achtzigern wird mit Laserstrahlen experimentiert, mit mäßigem Erfolg, aber immerhin verhelfen diese Versuche meinem Vater zu einer leichten Linderung seiner Beschwerden.

Jetzt aber, in seinem neunundvierzigsten Lebensjahr, sind alle Dämme gebrochen, er erholt sich nicht mehr richtig von dem schweren Blutverlust, den er während des Unfalls erlitten hat. Bluttransfusionen werden nötig, zuerst einmal, dann zweimal wöchentlich. Mein Vater leidet – unter den Persönlichkeitsveränderungen, die mit einer solch hohen Frequenz an Transfusionen einhergehen, an den Schmerzen in der Schulter, in der infolge des Trümmerbruchs zahlreiche fortschreitende Nekrosen entstanden sind, an der eingeschränkten Beweglichkeit. Seine Kräfte lassen nach, er muss das Trompetespielen aufgeben, dann die Leitung des Posaunenchors, den Unterricht der Schüler.

Die vielen Medikamente rauben ihm die Konzentration, er kann nur noch sporadisch arbeiten, dann gar nicht mehr. Dauerhaft krankgeschrieben, ringt er lange mit sich, dann gibt er schließlich die Hoffnung auf eine Besserung seines Zustands auf.

Am 31. Oktober 1989 wird er in den Ruhestand versetzt.

Die Zeit danach weiß er zu nutzen; er pflegt seine Hobbys, lernt kochen und widmet sich häuslichen Verrichtungen. Neben dem intensiven Betreiben seiner privaten Funkanlage, deren Piepsen und Krächzen so manchen Abend das Haus erfüllt, befasst er sich mit Hingabe mit elektronischen Geräten jeglicher Art. Als Heimcomputer erschwinglich werden, ist er einer der Ersten, die sich einen solchen zulegen; nahezu jährlich nimmt eine neuere Variante den Platz auf dem Schreibtisch im Wohnzimmer ein.

Dazu repariert und saniert er ausdauernd zwei alte Motorroller mit Heckflossen, richtige Schiffe, die den gesamten Unterstand vorm Fahrradschuppen für sich in Anspruch nehmen, und auch für seine ornithologische Begeisterung findet er noch Zeit. Stundenlang sitzt er in der heranziehenden Dämmerung im Garten und beobachtet und belauscht die zahlreichen Vögel, und auch wenn ich damals noch wenig Verständnis für diese Art der Hingabe aufbringe, entgeht mir doch das Leuchten der Glückseligkeit in seinem Gesicht nicht, wenn mein Vater zufrieden beim Anblick der munteren Kleiber oder des Zaunkönigs, den er als seinen besonderen Freund ansieht, aufseufzt.

Aber meine Eltern achten auch darauf, dass sie sich über all ihren Beschäftigungen nicht aus den Augen verlieren. Gemeinsam übernehmen sie – zunächst ehrenhalber, später gegen eine geringe Aufwandsentschädigung – die Betreuung des Friedhofes der evangelischen Kirchengemeinde. Mein Vater organisiert die Verwaltung, meine Mutter ihrerseits engagiert sich als Friedhofsgärtnerin.

Das gemeinsame Verantwortungsgebiet gefällt ihnen und tut ihnen sichtlich gut. Denn die Ehe wird durch die lange Krankheit meines Vaters auf so manch eine Probe gestellt; meine Mutter fühlt sich mit eingeschränkt, und sie ist es ja auch – gemeinsame Reisen sind nun fast unmöglich, Unternehmungen werden mehr und mehr reduziert. Sechzehn Jahre lang ist mein Vater ein kranker Mann, und sechzehn Jahre lang wird meine Mutter ihn darin begleiten. Nicht immer mit Langmut, nicht immer mit hingebungsvoller Geduld, aber sie bleiben zusammen. Dass sie es beide miteinander letzten Endes so gut hinbekommen, liegt schlichtweg an einer Tatsache: Die Liebe zwischen ihnen ist ungebrochen.

51

Noch etwas bleibt ungebrochen: der Glaube meiner Eltern.

In den langen Jahren, in denen sie sich in der evangelischen Kirchengemeinde Meppen engagiert haben, ist er zusehends gewachsen. Die Beschäftigung mit der Kirche hat die Religiosität meiner Eltern nach und nach verstärkt; beide finden nicht nur Halt in der Gemeinde, sondern auch in ihrem Glauben, jeder auf seine Weise.

Während meine Mutter einer Art klarem, freundlichem Kinderglauben anhängt – sie ist überzeugt davon, dass sie später einmal in den Himmel kommen und dort ihre lieben Verwandten wiedersehen wird – beschäftigt sich mein Vater eher aktiv mit der Bibel und dem Wort Gottes.

Er liest viel in theologischen Schriften, vergleicht christliche Liedertexte und wählt mit Akribie diejenigen daraus aus, die er mit dem Posaunenchor und der Kirchenband einstudiert; auf seinem Nachttisch liegt stets der Band mit Losungen – tägliche Psalmen und Zitate aus der Bibel – für das laufende Jahr, jeden Morgen liest er darin.

Vor allem das Gebot der Nächstenliebe hat es meinen Eltern angetan, der Begriff ist ihnen nicht nur ein

Schlagwort, sondern eine wahre Lebensmaxime. Gut zu Mensch und Tier zu sein, die Natur zu schonen und das Leben zu ehren, das sind Grundüberzeugungen meiner Eltern, nach denen sie handeln.

Die Kirchengemeinde selbst und ihre bunt zusammengewürfelte Mitgliederschar bietet natürlich auch manches Mal Grund für Ärgernisse, insbesondere Heuchelei und Falschheit sind meinen Eltern zuwider. Als Mitglied des Kirchenvorstandes ist mein Vater ein allseits beliebter, geachteter Mann, der manches bewirken kann. Die Jugendarbeit liegt ihm besonders am Herzen, im Laufe der Jahre bildet er zahlreiche Bläser*innen aus und legt dabei eine unerschöpfliche Geduld an den Tag.

Zum Dank spielt der Posaunenchor bei seinen Geburtstagen bei uns zu Hause vor der Tür auf, auch meine Mutter wird mit derlei Ständchen zu runden Jubeltagen beglückt.

Auch die christliche Erziehung ihrer Kinder ist meinen Eltern wichtig. Dass ich viel später, in meinen Zwanzigern, aus der Kirche austrete, erschüttert beide sehr. Zwar kann mein Vater verstehen, welche Kritik ich an der Institution Kirche hege, aber für ihn bleibt das Aufgehobensein im Schoße eben dieser Kirche – oder besser: das Aufgehobensein in Gott – der Grund, auf dem er sein Leben aufgebaut hat.

Auch für meine Mutter ist ihr christlicher Glauben und auch die Verwurzelung in der evangelischen Kirchengemeinde ungemein wichtig. Hier findet sie Heimat – die zweite Heimat nach ihrer Familie.

52

Mir ist der Glaube wichtig. Manches hätte ich im Leben nicht geschafft, wenn ich den Glauben nicht hätte. Der ist erst gewachsen, eigentlich mit der Arbeit in der Kirchengemeinde.

Hier im betreuten Wohnen sind wir sieben Evangelische. Aber das macht mir nichts. Sonntags, wenn meine Freundin mich nicht abholen kann, gehe ich manchmal ganz gemütlich mit meinem Rollator zur Kirche. Und dann ganz gemütlich wieder zurück.

Ich könnte auch in die Bethlehem-Gemeinde hier wechseln, die ist näher dran, aber ich wollte in meiner Gemeinde bleiben, als ich hierhin umgezogen bin. Da fühle ich mich zu Hause.

Ohne Kirche könnte ich nicht sein. Ich finde das gut, dass ich die Kirche habe. Das macht mir vieles leichter.

Ich weiß nicht, ob Horst schon immer ein gläubiger Mensch war. Aber ich kann mir das gut vorstellen.

Der Glaube hat ihm gutgetan, auch und gerade in seinen letzten Jahren.

Manchmal stelle ich mir vor, dass Horst da oben auf einer weißen Wolke sitzt und auf mich runterguckt. Das finde ich schön.

(aus einem Gespräch mit meiner Mutter, 2016)

53

Für uns Kinder, vor allem aber uns Schwestern, bringt die langwierige Krankheit unseres Vaters ebenfalls Veränderungen mit sich. Schon immer ist es mir nicht leichtgefallen, unsere Eltern nach unseren Besuchen zurückzulassen. Immer schon war jeder Abschied mit Traurigkeit durchsetzt; jedes Mal, wenn unsere Eltern winkend am Gartenzaun standen, war mir schwer ums Herz. Wenngleich sie am Schießplatz wie in einem kleinen Paradies lebten, schienen sie mir doch einsam zurückzubleiben, da draußen am Waldesrand, fernab von der Stadt. Ich vermute, es war das Bewusstsein um die Stille, die sich dann aufs Haus senkte, eine Stille, die einem durchaus aufs Gemüt schlagen konnte, wenn man eigentlich Trubel und Lebendigkeit liebte, so wie vor allem meine Mutter.

Auch heute noch, mit ihren über achtzig Jahren, sehe ich meine Mutter nicht als Menschen, der allein leben sollte oder möchte, obwohl genau das seit vielen Jahren ihre Lebensform darstellt. Sie ist eindeutig ein Familienmensch, der im Verbund eine zentrale Stellung einnehmen möchte und kann und darin aufgeht.

Das erzwungene Alleinleben gestaltet sie bestens, aber letztlich, hätte sie die Wahl, wäre sie auch heute noch ein Großfamilienmensch.

Aber auch mein Vater liebte Trubel und Lebendigkeit, allerdings nicht als unmittelbar Beteiligter, sondern aus der Distanz. Er hatte es gern, wenn ordentlich etwas los war, wenn gelacht, geredet und gespielt wurde, wenn seine Lieben um ihn vereint waren, er aber trotzdem seine Ruhe hatte und seinen Beschäftigungen nachgehen konnte.

Das haben mein Bruder und ich von ihm geerbt; uns geht es genauso. Auch ich habe gern Leben um mich, aber am besten doch ein oder zwei Türen weiter, während ich in meinem Zimmer an meinem Schreibtisch sitze und entspannt vor mich hindenken und -schreiben kann.

In meine Traurigkeit darüber, meine Eltern allein in einem stillen Haus – vom gern auch Lärm machenden Dackel einmal abgesehen – zurückzulassen, mischten sich immer schon auch Schuldgefühle. Und je mehr die Krankheit meines Vaters andauerte und voranschritt, mit allen Begleiterscheinungen – Depressionen, vermehrter Alkoholkonsum, gekoppelt mit steigender Unverträglichkeit, Melancholie, Erschöpfungszustände, Frustration seitens meiner Mutter –, umso mehr wuchsen meine Schuldgefühle an.

Ich fühlte mich schuldig, die beiden allein zu lassen, ihnen nicht genug beizustehen, sie nicht schützen zu können, ihnen nicht wirklich helfen zu können, letztlich: sie nicht zu retten.

Natürlich war mir auch da schon klar, dass niemand einen anderen retten kann, dass niemand für das Glück eines anderen verantwortlich ist – außer vielleicht Eltern für ihr Kind. Andersherum aber ist es nicht möglich.

Vermutlich rühren meine Schuldgefühle in Bezug auf meine Eltern aus tiefster Kindheit her; schon als kleines Mädchen habe ich mich verantwortlich für meine Mutter gefühlt, litt, wenn sie litt, wollte, dass sie glücklich ist. Jedes Kind wünscht sich, dass die eigene Mutter glücklich ist – aber leider funktioniert das Glücklichsein nicht so einfach.

Ich erinnere mich gut daran, wie unglücklich meine Mutter in meinen Kinderjahren in Siegburg-Mülldorf war, wie sie auf dem Balkon am Geländer lehnte und schluchzte vor Heimweh, und ich, vier, fünf Jahre alt, stand neben ihr und vermochte nichts an ihrem Kummer zu ändern. Vielleicht wurde da der Keim gelegt für meine immerwährenden Schuldgefühle meinen Eltern gegenüber, die bis heute noch andauern, selbst meinem Vater gegenüber, der nun schon bald zwanzig Jahre tot ist.

Psychoanalytisch gesehen habe ich bereits als kleines Kind zuweilen innerlich die Rollen mit meiner Mutter getauscht; ich fühlte mich früh für sie verantwortlich, ein unlösbares Dilemma, da ich diese Aufgabe unmöglich erfüllen konnte und kann. Noch heute arbeite ich mich daran ab; und oft genug erscheint mir meine Mutter wie ein großes Kind im Körper einer alternden Frau, während ich abwechselnd in die Rolle der Mutter oder auch des Vaters zu schlüpfen scheine.

Das Gefühl, für das Glück anderer verantwortlich zu sein, diese Aufgabe nicht erfüllen zu können und deshalb schuldig zu sein, begleitet mich weiterhin und erstreckt sich leider auch auf andere Menschen, eigentlich auf alle, die ich in mein Herz geschlossen habe und die mir nahestehen. Ich weiß, dass man an so einer Aufgabe nur scheitern kann, dennoch versuche ich nach wie vor mein Bestes.

Das Kind in mir treibt mich dazu an. Deshalb bin ich eine Macherin, eine Managerin, eine, die zusammenhält, Verantwortung übernimmt, aber auch an sich zieht: Verantwortung und Anmaßung, Liebe und Selbstüberschätzung zugleich. In diesem Spannungsfeld lebe ich, seit ich mich erinnern – oder besser: seit ich fühlen kann. Also: schon immer.

54

Auf der Beerdigung meines Vaters sitzt mein sechsjähriger Neffe Moritz vorn in der ersten Reihe neben meiner Mutter in der Kapelle. Später, beim anschließenden Kaffeetrinken im Gemeindehaus, rollt meine knapp einjährige Nichte Sophie vergnügt über den Boden und amüsiert damit die ganze Trauergesellschaft.

Mein Vater hat sich sehr über beide Enkelkinder gefreut, genau wie meine Mutter auch, die insbesondere zu Moritz, dem einzigen Sohn meines Bruders, ein enges Verhältnis entwickelt hat. Die Geburt des dritten Enkelkindes Ava wird mein Vater nicht mehr erleben, aber für uns anderen Familienangehörigen ist die erneute Schwangerschaft meiner Schwester so kurz nach seinem Tod ein Quell der Freude. Abschied und Neubeginn, der Kreislauf des Lebens; hier wird er uns deutlich vor Augen geführt, und es liegt etwas sehr Tröstliches darin, aus dem sich längere Zeit über Kraft schöpfen lässt.

Mein Vater stirbt am 25. April 1998 morgens gegen halb vier in einem Einzelbettzimmer des Meppener Krankenhauses Ludmillenstift. Meine Mutter, meine Schwester und ich sind bei ihm, und jede von uns sieht dasselbe und doch etwas anderes. Meine Mutter sieht ihren Mann nach zwei Tagen friedlich einschlafen, meine Schwester sieht unseren Vater am Leben hängen und doch mehr oder minder ruhig davongehen, ich sehe ein quälendes Festhalten und entkräftetes Loslassen.

Noch lange Zeit danach bin ich wie gelähmt, ungefähr ein Jahr lang leide ich unter extremen Schlafproblemen, finde nur jede zweite Nacht ein paar Stunden Ruhe. Das Sterben meines Vaters mit anzusehen, ist deutlich über meine Kräfte gegangen, aber das habe ich vorher nicht geahnt. Und selbst wenn ich es gewusst hätte, ich hätte wieder so entschieden: ihn beim Sterben zu begleiten.

Denn ich bin froh, dass ich mich noch von ihm verabschieden konnte, auch wenn ich nach dem Anruf einer Bekannten der Familie – der ich den Anruf übrigens jahrelang nachgetragen und übelgenommen habe, so wie der Überbringer der schlechten Botschaft nun mal oft dafür verantwortlich gemacht wird – im Zug nach Meppen sitzend insgeheim aus lauter Angst hoffe, dass alles schon vorüber sei, wenn ich eintreffe.

Aber so ist es nicht. Stattdessen erwartet mich mein Bruder am Bahnhof; wir wechseln nur ein paar knappe Worte, bevor er mich zu unserem Vater fährt und sich dann nach einer Weile verabschiedet, um erst wiederzukehren, nachdem mein Vater schließlich gestorben ist.

Meine Mutter sitzt schon seit dem Vortag am Bett meines Vaters; einige Tage zuvor ist er zusammengebrochen, sie hat ihn gemeinsam mit einem freundlichen Taxifahrer ins Krankenhaus gebracht und ist nach einer eingehenden Untersuchung meines Vaters vom Arzt darüber in Kenntnis gesetzt worden, dass man nichts mehr für ihn tun könne und dass es nun zu Ende gehe.

Für uns Kinder kommt die Nachricht vollkommen überraschend; meine Mutter hat es selbst nicht erkannt und uns auch nicht darüber informiert, dass es unserem Vater plötzlich sehr viel schlechter geht. Eine Woche zuvor hat er sich ins Bett gelegt und ist nicht mehr daraus aufgestanden, hat weniger und weniger zu sich genommen und schließlich nur noch geschlafen. Den Termin zur ersten wöchentlichen Bluttransfusion lassen meine Eltern verstreichen, als die zweite ansteht, weckt meine Mutter meinen Vater und bestellt ein Taxi. Aber auf dem kurzen Weg dorthin bricht er zusammen.

Die letzte Nacht verbringen meine Mutter, meine Schwester und ich gemeinsam in seinem Sterbezimmer; eine der überaus freundlichen Schwestern bringt uns zusätzlich zum zweiten Bett, in das sich meine Mutter legt, ein drittes ins Zimmer, in dem meine Schwester und ich aneinandergeschmiegt ein paar Stunden vor uns hindösen. Meine Mutter schnarcht leise, mein Vater atmet laut und schwer.

Seit Jahren habe ich nicht mehr mit meiner Schwester in einem Zimmer geschlafen, mit meinen Eltern nicht, seit ich ein Baby gewesen bin. Es ist ungewohnt, traurig und tröstlich zugleich; wir wissen, ohne es auszusprechen, dass es das letzte Mal sein wird.

Als mein Vater schließlich seinen letzten Atemzug getan hat, bleiben wir noch ein wenig bei ihm sitzen, dann öffne ich, einem plötzlichen Bedürfnis folgend, das Fenster, so weit, wie es geht, während meine Mutter seine Sachen zusammenpackt.

Schließlich gehen wir, ein schwerer Gang, ich werfe einen letzten Blick auf das bereits spitz werdende Gesicht meines Vaters und bleibe auf der Türschwelle stehen. Für einen Moment kann ich mich nicht lösen, verharre, Panik kommt in mir auf. Wie können wir ihn hier einfach zurücklassen, so allein?

Dann berührt mich meine Schwester sanft am Arm, und ich drehe mich um und gehe, gemeinsam mit meiner Mutter und meiner Schwester, hinaus in den milden, stillen, noch dunklen Aprilmorgen, der sich erst eine Stunde später langsam zu erhellen beginnen wird.

55

Das darauffolgende Jahr ist hart, für mich, für meine Schwester auch, wenn auch auf andere Art, denn ihre baldige Schwangerschaft verändert den Schwerpunkt der Trauer. Für meinen Bruder, der sich in sich verschließt und mit dem ich niemals über das Sterben unseres Vaters sprechen werde, ist es sicherlich ebenfalls ein hartes Jahr; doch meine Mutter entkommt der unweigerlich einsetzenden Trauer zumindest zum Teil auf ihre eigene Weise.

Sechs Wochen nach dem Tod meines Vaters lernt sie bei einem Besuch bei einer ihrer Schwestern einen ungarischen Musiker kennen, verbringt ein Schäferstündchen mit ihm und verfällt für gut ein Jahr einem ebenso rettenden wie anstrengenden Liebeswahn.

Ein Jahr lang schreibt sie ihm nahezu täglich Briefe, die er so gut wie nie beantwortet, beschäftigt sich innerlich mit ihm, spricht über ihn. Ein Jahr lang fällt sein Name bei jedem Telefonat, jedem Gespräch, das ich mit ihr führe. So manches Mal werde ich wütend darüber, wenngleich ich ihr das Verliebtsein aufs Innigste gönne: Hangelt sie sich daran doch wie an einem Hochseil elegant über das tiefe Tal der Trauer hinweg. In ihrer fieberhaften Begeisterung für den ungarischen Musiker, die sich nach ihrer zweiten Begegnung mit ihm ein gutes Jahr später schlagartig legen wird, überwindet meine Mutter die Trauerzeit mit einer Geradlinigkeit, um die ich sie so manches Mal beneide.

Trauer ist wie Liebeskummer, wie eine Krankheit, durch die man einfach hindurchmuss, die sich nicht abkürzen lässt. Sie braucht ihre Zeit, und in meinem Fall braucht sie lange.

Meine Mutter taucht nach einem Jahr wie im Wahn wieder auf, als Witwe, aber sie prallt nicht etwa unsanft auf dem Boden der Tatsachen auf. Dazu ist sie nun schon zu lange Witwe. Nun gilt es, sich mit diesem neuen Status zu arrangieren, und das gelingt ihr erstaunlich gut. »Er konnte ja nicht mehr leben, ich bin froh, dass er sterben durfte«, sagt sie ein ums andere Mal, voller Überzeugung. Was man nicht ändern kann, muss man akzeptieren, so ihre Devise, und daraus muss man das Beste machen. Und das gelingt ihr auch.

Mir weniger, ich brauche sehr lange, bis ich mich wieder stabilisiere; die Traurigkeit lässt mich nicht los, hält mich fest im Griff. Monatelang kann ich nicht schreiben; ich bin wie paralysiert, erst recht, als sechs Wochen nach dem Tod meines Vaters meine Freundin Sybille an Krebs stirbt und wiederum sechs Wochen darauf mein heißgeliebter Hund Kuba an Diabetes.

Neues Leben tröstet mich ein wenig: meine niedliche Nichte Sophie, die seit kurzem mit ihren Eltern im Hinterhaus wohnt und die ich nun fast täglich sehe; ihre kleine Schwester Ava, die mitten in dieser schweren

Zeit geboren wird, mein junger Hund Purzel, den ich zwei Monate nach Kubas Tod zu mir nehme.

Zum Ende dieses schweren Jahres hin beende ich nach längerer Unterbrechung auch mein erstes Kinderbuch »Ein Stern namens Mama«, das die Geschichte eines Mädchens erzählt, dessen Mutter an Krebs stirbt. Ich schicke es gerade noch rechtzeitig zu einem Wettbewerb ein, bei dem es den zweiten Preis gewinnt. Das Buch erscheint im Herbst 1999, es wird mein insgesamt erfolgreichstes Buch, vielfach ausgezeichnet und übersetzt, und legt den Grundstein für meine Arbeit als Kinder- und Jugendbuchautorin. Ich widme es meinem Vater.

56

Meine Mutter lebt jetzt allein im Haus am Schießplatz. In der ersten Zeit nach dem Tod meines Vaters leidet sie unter einer allumfassenden Orientierungslosigkeit; manchmal weiß sie nicht, wo sie sich befindet, und es fällt ihr schwer, über Brücken und Stege zu gehen, weil sie fürchtet, ins Bodenlose zu stürzen. Aber nach einer Weile legen sich diese irritierenden Verfassungen, sie gewöhnt sich erstaunlich gut an den neuen Zustand, weiß sich gut zu beschäftigen.

Ich komme sie so oft besuchen, wie ich kann; zeitweilig alle fünf bis sechs Wochen, manchmal bin ich auch länger dort, schreibe in meinem alten Jugendzimmer. Unser gemeinsames Leben ist dann von einem angenehmen Rhythmus bestimmt, nie haben wir uns besser verstanden als jetzt.

Unser erstes gemeinsames Weihnachtsfest ohne meinen Vater verläuft ungemein friedlich und harmonisch. Zu anderen Feiertagen kommen auch meine Geschwister mit ihren Familien.

Meine Mutter ist sehr mobil, fast täglich mit dem Fahrrad in der Stadt unterwegs. Mit meinem Bruder und seiner Frau fährt sie in die Sommerfrische nach Dänemark, ab und zu kommt sie auch nach Berlin, wo meine Schwester und ich mittlerweile in einer Hausanlage leben, ich im Vorderhaus, sie mit Mann und zwei Töchtern im Hinterhaus. Meine Mutter denkt kurz darüber nach, ebenfalls in die Hauptstadt zu ziehen, entscheidet sich aber dagegen.

Stattdessen geht sie vermehrt auf Reisen, besucht ihre Schwestern, nimmt an mehreren Schreibseminaren teil, die ich im Frauenbildungshaus Altenbücken bei Bremen leite, bringt ungemein Schwung in die aus zehn bis zwölf Frauen bestehenden Runden und erschließt sich dort neue, teils sehr intensive Freundschaften. Auch diese besucht sie: Eva in Innsbruck, Margret in der Nähe von Kiel.

Jetzt, nachdem sie den ungarischen Musiker und seine Versuche, ihr die gesparte Rente aus der Tasche zu ziehen, hinter sich gelassen hat, blüht sie noch einmal richtig auf. Das Kapitel Männer hat sie vorgeblich ad acta gelegt, sie konzentriert sich auf Frauenfreundschaften, neue wie alte. Zeitgleich kühlt das Verhältnis zu ihren Schwestern nach und nach ein wenig ab; der Kontakt wird seltener – mit Ausnahme dessen zu ihrer nächstältesten Schwester Brita.

Auch Brita ist – bereits einige Jahre früher – verwitwet und hat sich gut darin eingerichtet. Als aktive Sportlerin reist sie zu Seniorenmeisterschaften rund um die Welt und bringt eine Medaille nach der anderen nach Hause. Vielleicht ist es die Gemeinsamkeit, relativ früh den Lebenspartner verloren zu haben, die beide Schwestern näher zueinander bringt – auf jeden Fall gelingt es ihnen jetzt, mit Mitte, Ende sechzig, ihre lebenslange Konkurrenz weitgehend zu begraben und ein gutes Verhältnis zueinander aufzubauen.

Meine Mutter ist mit sich im Reinen. Nur eins überlegt sie immer wieder: in eine kleinere Wohnung umzuziehen. Das Haus am Schießplatz ist eng und verwinkelt. Immer wird sie hier nicht wohnen bleiben können, so sehr sie – und wir Kinder – diese kleine Idylle auch lieben. Doch noch ist es nicht so weit.

57

Im Mai 2009 leite ich auf Einladung des Goethe-Institutes einen Schreibworkshop für Schüler und Studenten im mazedonischen Skopje. Samstagabend, nach meiner Rückkehr, rufe ich einem dringenden Bedürfnis folgend spät abends noch bei meiner Mutter an, um mich zurückzumelden. Das mache ich sonst nie um diese Uhrzeit, normalerweise melde ich am nächsten Tag nach meiner Rückkehr aus dem Ausland, aber jetzt habe ich ein ungutes Gefühl. Meine Mutter klingt seltsam am Telefon, irgendwie förmlich und ruhig, beteuert aber, dass alles in Ordnung sei.

Mein ungutes Gefühl hält sich; ich rufe am folgenden Morgen erneut an, und da gesteht sie mir, dass sie am Vortag beim Baumbeschneiden kopfüber in den Gartenteich gestürzt ist und sich nur mühsam wieder hinaushelfen konnte. Ihr linker Arm ist gebrochen, der rechte Daumen ebenfalls, was bedeutet, dass sie nun beide Arme in Gips trägt und mehrere Wochen lang vollkommen auf Pflege angewiesen sein wird.

Ihre Freundinnen haben den Pflegedienst – der übrigens, wie wir bald herausfinden werden, nicht von der Krankenkasse bezahlt werden wird, eine Gesetzeslücke, die nur Privatversicherte betrifft – organisiert. Morgens und abends kommt eine Schwester und hilft ihr beim Waschen, Toilettengang, Anziehen und Ausziehen. Ansonsten ist sie aber auf sich gestellt.

Meine Geschwister und ich beraten uns und beschließen, uns alle drei je mindestens eine Woche freizunehmen, um uns um sie zu kümmern.

Diese eine Woche wird vor allem für meine Geschwister eine gute und intensive Zeit. Unsere Mutter ist erstaunlich gut gelaunt und vergnügt. Meine Geschwister sehen meine Mutter viel seltener als ich, und wenn, dann meist nicht allein. Nun aber genießen wir alle die gemeinsame Zeit, die ungeteilte Aufmerksamkeit, die wir uns entgegenbringen können.

Gut ein Jahr später – sie ist längst wieder von ihrem Sturz genesen – schlägt meine Mutter mir bei einem Besuch vor, meine inzwischen recht altersschwache Hündin Purzel doch für eine Weile bei ihr zu lassen. Entrüstet weise ich ihr Ansinnen zurück – ich hänge sehr an meinem Hund –, überlege es mir jedoch bald anders. Purzel, eine mit ihren mittlerweile knapp dreizehn Jahren etwas übergewichtige und arthritische Labradormischlingsdame, kommt in Berlin nur noch schwer die Treppen bis in den vierten Stock hoch; sie ist ausnehmend gern in Meppen, liebt meine Mutter, den Garten, die große Wiese direkt gegenüber.

Ich lasse Purzel für zwei Wochen bei meiner Mutter, vermisse sie zu Hause, allein in meiner großen, stillen Wohnung, aufs Heftigste. Aber als ich bei meinem nächsten Besuch sehe, wie gut die beiden sich in dieser kurzen Zeit aufeinander eingestellt haben, wie vergnügt sie ihre beiden täglichen Runden über die Wiese drehen, weiß ich, dass ich mich nicht mehr entscheiden muss. Die Zeit hat entschieden; Purzel bleibt bei meiner Mutter.

Die beiden verbringen eineinhalb friedliche, entspannte Jahre miteinander im Haus am Schießplatz. Meine Mutter, die ebenfalls immer mehr durch ihre Kniearthrose beeinträchtigt wird, ist glücklich, den alten Hund um sich zu haben. Und: Sie nutzt ihn als Vorwand, um sich nach und nach ein wenig mehr aus dem gesellschaftlichen Leben zurückzuziehen: »Ich habe gesagt, ich muss nach Hause, der Hund wartet!« Jetzt, mit Anfang, Mitte Siebzig, lassen ihre Kräfte langsam nach, der doch recht weite Weg in die Stadt wird ihr zusehends beschwerlicher.

Ich bin beruhigt und froh darüber, die beiden zusammen zu wissen, wenn auch insgeheim ein wenig beleidigt darüber, dass Purzel schon nach kurzer Zeit nicht mehr mich, sondern meine Mutter als ihr Frauchen betrachtet.

Im November 2012 fahre ich für drei Tage zu meiner Mutter und Purzel und fliege kurz darauf wieder einmal nach Skopje, um dort einen Schreibworkshop zu leiten. An einem dieser Abende ruft meine Lebensgefährtin mich an.

Purzel hat sich zwei Tage nach meiner Abreise in die Küche meiner Mutter gelegt, um nicht mehr aufzustehen. Einen Tag später ist sie gestorben, friedlich und ruhig. Mit der Hilfe ihrer Freundin Birgit begräbt meine Mutter Purzel im Garten hinterm Haus, gleich vorm Schuppen, an der Stelle, wo der Hund sich jahrelang vergnügt im Bodendecker gewälzt hat.

58

Im Juni 2013 fahre ich noch einmal für drei Tage nach Meppen, um alles für den letzten Aufenthalt meiner Mutter in ihrem alten Zuhause vorzubereiten. Am Ende dieser drei Tage werde ich sie aus der Rehaklinik abholen; eine gute Woche wird sie dann im Haus am Schießplatz in der Obhut ihrer Freundinnen, später dann auch meiner Schwester und ihres Mannes, verbringen, bevor sie in die Wohnung am Schillerring umziehen wird.

Drei Monate war meine Mutter fort; jetzt heißt es endgültig, Abschied zu nehmen, nicht nur für sie, sondern auch für mich, für uns alle.

Das Haus liegt still im warmen Sonnenlicht da, als ich in der Einfahrt parke. Bereits jetzt, obwohl es offiziell noch bewohnt ist, sieht es ein wenig verlassen aus. Die Hecke müsste geschnitten werden, Unkraut sucht sich seinen Weg zwischen den blühenden Blumen im Garten, hinterm Zaun wuchert das Gras kniehoch.

Ich steige aus und lasse den Hund durch den Garten laufen. Es ist ein sehr kleiner Hund, ein Shih-Tzu-Mischling vom Gnadenhof, den meine Freundin und ich vor ein paar Jahren spontan zu uns genommen haben. Purzel lebte da noch bei meiner Mutter, lange Zeit hatte ich deshalb ein schlechtes Gewissen, jetzt aber bin ich sehr froh darüber, diesen äußerst entspannten Begleiter um mich zu haben.

Luki läuft munter durch den Garten, schnuppert am Bodendecker, unter dem seine Vorgängerin begraben liegt, hebt hier und da das Beinchen, um das vor kurzem noch frisch gemähte Gras mit ein paar Tröpfchen zu sprenkeln.

Eine Weile stehe ich im Schatten und betrachte die Rückseite des Hauses, die dunklen, vorhanglosen Fenster. Das habe ich immer gemocht: Nie hatten wir Vorhänge in diesem Haus. Weder meine Eltern noch uns Kinder hat es gestört, dass theoretisch jemand hineinblicken und uns bei dem, was wir taten, zusehen konnte.

Langsam gehe ich zurück durch die Gartenpforte auf die Wiese gegenüber dem Haus. Die Sonne steht knapp über dem Dach am Himmel, blendet mich, ihre Strahlen fallen weich über die Wiese. Ich verharre im kurzgemähten Gras, den Hund zu meinen Füßen, mit verschränkten Armen, und sehe hinüber auf die andere Straßenseite, so wie damals, als ich es als Vierzehnjährige kaum erwarten konnte, in das Haus, das mir so lieb und teuer werden sollte, einzuziehen.

Die rechte Haushälfte ist leer, die linke noch nicht. Mein Wagen steht davor, blank geputzt. Ich habe ihn waschen lassen, als ich losgefahren bin.

Es ist das erste und einzige Mal, dass ich hier drei Tage allein bin. Ein seltsames, schmerzliches Gefühl, ein passender Abschied: Zeit genug, mich hier ein letztes Mal in Ruhe umzusehen. Ich bin hier, um loszulassen.

Ich rufe den Hund und laufe mit ihm zusammen die Runde, die meine Mutter zuletzt immer mit Purzel gelaufen ist: über die Wiese, zwischen den Obstbäumen hindurch, zwischen den Verwaltungsgebäuden des Schießplatzes und den nur noch selten befahrenen Gleisen entlang zur Bahnstation Vormeppen, die schon lange nicht mehr regelmäßig angefahren wird. Im Sommer hält hier einige Male die Museumseisenbahn, ansonsten rangieren gelegentlich Gütertransporte.

Auf einem stillgelegten Gleis balanciere ich zum Bahnhofshaus hinüber. Vor vielen Jahren hat hier ein junges Paar mit einem Kleinkind gewohnt, nun dient es als Büro für die schießplatzeigene Bahnverwaltung.

Ich mag das Haus mit seinem steilen Spitzdach, der abgetretenen Veranda, dem schmalen Hausbahnsteig. Gern hätte ich selbst dort gewohnt, als Zweitwohnsitz.

Das wird nie passieren.

Lange stehe ich da und betrachte das Gebäude, über das die Sonnenstrahlen langsam hinwegziehen und der beginnenden Abenddämmerung Platz machen.

Als ich mit achtzehn Jahren nach Berlin zog, war mir klar, dass ich niemals mehr in diese Gegend, diese Stadt, diesen speziellen Ort zurückkommen werde, um hier zu leben. Aber auf eine leise, schmerzliche Art bedaure ich es dennoch.

Schade, dass es nicht möglich ist, mehrere Leben gleichzeitig zu leben, an mehreren Orten.

Nachdenklich gehe ich zurück zum Haus meiner Mutter, über die vor kurzem frisch asphaltierte schmale Straße, deren warme Oberfläche ich im Sommer so gern unter meinen Fußsohlen gespürt habe. Langsam schlendere ich über den Schotterparkplatz; auch er ist seit kurzem planiert, die tiefen Löcher, in denen sich früher der Regen sammelte, sind verschwunden.

Hier stand viele Jahre, vielleicht sogar jahrzehntelang jedes Wochenende ein holländischer Lastwagen. Von meinem Fenster aus konnte ich ihn sehen. Irgendwann am späten Freitagabend kam er an, und kurz darauf, ein paar Minuten später höchstens, näherte sich auch schon ein Wagen mit holländischem Kennzeichen; die Frau des Fahrers holte ihren Mann ab. Gesehen habe ich beide nie aus der Nähe: nur Schemen, eine hagere Gestalt, ein blonder Frauenschopf. Der Fahrer öffnete jedes Mal die Tür, schwang sich herunter, stieg wortlos in den Wagen, schlug die Tür zu; nie habe ich einen Kuss zwischen beiden gesehen, und doch holte sie ihn ab, Freitag für Freitag. Und brachte ihn montags zurück, so früh, dass ich es nur höchst selten mit ansah, weil ich meistens noch schlief.

Ich weiß noch genau, wie der Lastwagen aussah: schwarze Tanks auf einem roten Gestänge. Hinten war ein kleines, handgeschriebenes Warnschild auf der linken Seite befestigt. »Wie nah bist du?« stand dort auf Niederländisch: »Hoe dicht bent u?«

Einmal, ein einziges Mal habe ich diesen Lastwagen, der so viele Jahre auf dem Parkplatz meinem Elternhaus gegenüber parkte, überholt. Es war im Jahr zuvor, ich kam aus Berlin, fuhr auf der Autobahn nach Meppen, Richtung Amsterdam, kurz vor Rheine überholte ich ihn.

Erstaunt stellte ich fest, dass dies tatsächlich der Lastwagen war, den ich jedes Wochenende, das ich bei meiner Mutter verbracht hatte, dort gesehen hatte; ich erkannte ihn am Schild und war auf einmal sehr aufgeregt. Ich winkte dem Fahrer sogar zu, aber natürlich erkannte er mich nicht. Oder vielleicht doch – vielleicht erkannte er meinen Wagen ebenso wie ich seinen. Das Auto, was auch er sicherlich oft in unserer Einfahrt hatte stehen sehen, immer mal wieder, acht-, zehnmal im Jahr, vielleicht auch öfter.

Wenn ich es hochrechne, dann wird es wohl so gewesen sein, dass ich ihn zehnmal im Jahr gesehen habe, vielleicht hundertmal habe ich ihn insgesamt dort parken sehen.

Oft habe ich den Lastwagen auf meinen Spaziergängen mit Purzel, vielleicht auch schon mit Kuba, passiert, bin daran entlanggegangen, stets in Sorge, etwas könnte sich lockern, herunterfallen, oder schlimmer noch: Der Hund könne daruntergeraten und die Bremsen des schweren Wagens sich lösen und ihn überrollen. Meine eigene, ängstliche Stimme, die den Hund zurückrief, höre ich noch heute.

Was für viele unsinnige Ängste ich in meinem Leben schon gehegt habe.

Ja, gehegt, genau das richtige Wort. Nicht einfach gehabt, sondern gehegt.

Eines Tages hörte der Lastwagen auf, dort zu parken. Nie wieder sah ich ihn an den Wochenenden im Schatten der beiden großen, dicht beieinander gewachsenen Bäume, einer Linde und einer Eiche, stehen.

Ich rufe Luki, der an der riesigen Eiche hinter dem Parkplatz schnuppert, und gehe weiter.

Hinter der Hecke des Nachbarn blüht der Rhododendron. In voller Blüte stehen einige Büsche, aber die meisten sind schon verwelkt.

Wenn meine Mutter ausgezogen ist, werde auch ich nicht mehr hierher zurückkehren. Die Erinnerung wird schwächer werden, eines Tages vielleicht gänzlich verblassen. Es gibt so vieles, an das ich dann nie mehr denken werde: die unregelmäßig geformten Steine der Eingangstreppe. Die Schwalbennester hinter dem Bahnhofsgebäude. Die frostfleckige Regenrinne, die hinten am Haus in der Mitte durchhängt, immer noch, trotz zweimaliger Reparaturversuche seitens eines Fachbetriebes. Die Gitterzaunstäbe am Ende des Weges gegenüber unserem Haus, an die ich so oft meine Hände gelegt habe.

Die Bäume hinterm Garten, zwei dicke Kiefern, die letztes Jahr nach einem Sturm beschädigt und in der Folge abgeholzt worden sind. Die eine, die noch steht und die ich früher so oft umarmt habe, um ihre Kraft zu spüren. Was mir kaum gelang, aber dennoch war es schön, den mächtigen Baum mit beiden Armen ganz zu umfassen und die raue Borke an meiner Wange zu spüren.

Nach und nach wird all das verschwinden – aus meiner Erinnerung, dann in Wirklichkeit. Und damit ein Gefühl von Heimat.

Meine Mutter sagt, Heimat hat sie erst mit uns Kindern gefunden. Da erst hat sie sich zu Hause gefühlt.

Zuhause ist etwas anderes als Heimat. Zu Hause fühle ich mich in Berlin, aber meine Heimat liegt hier, an diesem Ort, an dem ich jetzt stehe und bald nicht mehr.

Vorm Haus bleibe ich stehen und sehe über die Straße. Auf der Wiese steht, unverrückbar, die alte, ehrwürdige Birke, umkränzt von Wildblumen. Und ganz oben auf ihr sitzt eine Amsel, die gerade anfängt, ihr Nachtlied zu singen. Eine andere antwortet ihr. Weiter hinten hoppelt ein Hase über das Gras, die Abendsonne wirft ihre Strahlen weit übers Gras. Wunderschön ist es hier, friedlich. Langsam werde ich ruhig.

Was zählt, ist nicht nur der Platz oder der Raum; was zählt, ist die Zeit.

Die Zeit, die man zur Verfügung hat.

59

Als meine Mutter schließlich in die Wohnung am Schillerring umzieht, bin ich nicht dabei. Meine Schwester und mein Schwager organisieren den Umzug, gemeinsam mit einigen Freunden transportieren sie die weiße Schrankwand aus dem Wohnzimmer, die Stringregale aus den Sechzigern, den alten, runden Tisch und die vier Stühle dazu in die neue Wohnung, diverse Kartons und Kisten, nicht zu vergessen einen der beiden Schränke, die meine Eltern 1964 für den Umzug in die erste eigene Wohnung, das Endreihenhaus in Lübeck-Kücknitz, erworben hatten.

Knapp fünfzig Jahre alt ist dieser Schrank und immer noch gut in Schuss, unser ganzes Kinder- und Jugendleben lang stand er im gemeinsamen Zimmer von meiner Schwester und mir, später im von meinem Vater eingezogenen Flur im Obergeschoss am Schießplatz. Jetzt hieven mein Schwager und ein Bekannter ihn mit viel Mühe in den separaten Abstellraum im ersten Stock des betreuten Wohnens, den meine Mutter als ihren Zusatzraum angemietet hat. Auch ihre geliebte Nähmaschine hält dort Einzug und wird auf einem kleinen Tisch aufgebaut, an der Wand dahinter lehnt die Matratze, die ich in Zukunft auf das mir doch etwas zu harte neue Schlafsofa legen werde, wenn ich zu Besuch bin.

Die neue Wohnung ist 56 Quadratmeter groß und rollstuhlgerecht. Sie liegt im Erdgeschoss eines dreistöckigen Hauses direkt hinter der örtlichen Musikschule, in der meine Geschwister und ich jahrelang Unterricht hatten; mein Bruder lernte Geige, meine Schwester und ich Flöte.

Manchmal, vor allem im Sommer, wenn die Terrassentür offensteht, hört man dilettantisches Trompetengetröte und schiefen Gesang, gelegentlich aber auch virtuoses Klavierspiel. Für mein Gefühl passt es gut, dass meine Mutter nun nach jahrzehntelanger Ehe mit einem musikbegeisterten Posaunenchorleiter weiterhin Zeugin des Übens von Blasinstrumenten wird; und auch sie empfindet es als vertraut und heimelig.

Die Wohnung selbst gefällt ihr sehr gut. Vom relativ geräumigen Flur geht eine kleine Küche mit Einbaumöbeln ab, dahinter kommt das ebenfalls recht kompakte Schlafzimmer und das Wohnzimmer, dessen große Fensterfront auf eine kleine Rasenfläche zeigt, die von hochgewachsenen Heckensträuchern gesäumt ist. Dahinter liegt der Parkplatz der Musikschule, der allerdings erst im Winter, wenn die Blätter gefallen sind, schemenhaft zu sehen ist.

Auf der anderen Seite des Flurs liegen eine recht große Kammer und das Bad. Beide Räume sind fensterlos, das aber ist das einzige Manko der Wohnung, abgesehen von einer gewissen Grundfeuchtigkeit im Bad und an der Außenwand, die der in den frühen Achtzigern so beliebten Betonbauweise geschuldet ist.

Eine gute Woche lang hat meine Mutter vom Sessel im Wohnzimmer am Schießplatz aus das Sortieren der letzten Gegenstände beaufsichtigt, die nicht mehr mit in die neue Wohnung umziehen sollen. Aber vieles ist ohnehin schon nicht mehr da; ihre Freundin Birgit hat sich mit großem Einsatz um das Verteilen der meisten Dinge gekümmert: die meisten Möbel und Haushaltsgegenstände sind von den Mitarbeitern einer karitativen Einrichtung abgeholt worden, Kleidung und Bücher gingen als Spende ans Soziale Kaufhaus, nachdem Freunde und Bekannte sich vorher noch einiges ausgesucht haben. Ein alter Freund von mir hat sämtliche Metall- und Gartengeräte abgeholt und diverse Stauden und Pflanzen aus dem Garten gleich mit dazu. Meine Freundin und ich haben einen Miettransporter mit Dingen, die mir gehören oder die ich gern behalten möchte, vollgeladen und nach Berlin gebracht, meine Schwester und mein Schwager einen kleinen Hausflohmarkt organisiert und die Tiefkühltruhe und den Kühlschrank verkauft, den Rest hat der Sperrmüll abtransportiert.

Meine Mutter ist mit der Vorauswahl, die wir getroffen hatten, recht zufrieden; jetzt sortiert sie noch einiges aus; dennoch sind es eine ganze Menge Kartons, die in den Transportwagen geladen werden und in der neuen Wohnung ihr neues Zuhause finden werden.

Und doch wird sie sich noch zwei, drei Jahre später immer wieder an einzelne, fehlende Dinge erinnern und sie vermissen; so ist das, wenn man nicht selbst aussortiert und entscheidet, und selbst dann wäre es vielleicht auch so gekommen.

Aber letztlich trennt meine Mutter sich mit für mich bewundernswerter Leichtigkeit vom Haus am Schießplatz und vielen Dingen, von denen sie vierunddreißig Jahre lang umgeben war. Die Freude über den Neuanfang überwiegt. Meine Mutter hat losgelassen; das, was ich noch erst üben und lernen muss, gelingt ihr ohne große Mühe.

Ein neues Kapitel in ihrem Leben beginnt.

60

Schon am Telefon höre ich ihrer Stimme an, dass es ihr gut geht. In dieser kleinen, überschaubaren Wohnung verlieren sich die Ängste, die meine Mutter immer wieder in ihrem Leben und gerade in den letzten Monaten gebeutelt haben.

Noch Wochen zuvor, während sie in der Rehabilitationsklinik darauf wartete, dass ihr gebrochener Oberschenkel endlich heilt, dass sie wieder gehen kann, dass sie die Angst überwindet, einen Fuß vor den anderen zu setzen, das Knie zu beugen und weiterzugehen, noch Wochen zuvor ist sie von Ängsten gebeutelt.

Ängste – sicher, wir alle sind davon geprägt, sie leiten unser Leben, manchmal kaum merklich. Auch ich muss meine Ängste überwinden lernen, in kleinen, zuweilen auch großen Schritten. Einer dieser Schritte ist das Loslassen.

Auch meine Mutter muss und musste loslassen, sehr oft. Das kann sie gut. Sie kann sich beschränken, zusammenfalten, ganz klein machen. Und zugleich nimmt sie viel Raum ein.

In ihr steckt immer noch das kleine, nicht beachtete, nicht gehörte Kind. Das Kind, das immer zu wenig bekam, das sich als Letztes anstellen musste, das als größtes Mädchen immer verzichten musste: für den älteren Bruder, die kleinen Geschwister, den Vater. Das Kind, das mit seinen knochigen langen Beinen, den hungrigen, bittenden Augen zurückstecken sollte.

Als wir selbst Kinder waren, da schien es mir manchmal, als ob meine Mutter nicht drei Kinder, sondern drei kleine Geschwister bekommen hätte: drei kleinere Geschwister, mit denen sie spielen, aber auch rangeln konnte und stets konkurrierte. Als meine Schwester und ich in die Pubertät kamen und aufbegehrten, begehrte meine Mutter gleich mit auf, war eifersüchtig auf unsere neuen Erfahrungen und Erlebnisse; kam gleichsam mit in die Pubertät.

Nach dem Tod meines Vaters wuchs ich zusehends mehr aus der Geschwisterrolle heraus und übernahm – ohne mir dessen bewusst zu sein – nach und nach seine Rolle; erledigte Organisatorisches, kümmerte mich um bürokratische Belange, regelte die Dinge für meine Mutter, was sie ungemein beruhigte. »Du machst das ja alles für mich!«, rief sie immer mal wieder, und so ist es bis heute.

Wir haben die Rollen getauscht, aber das ist für mich keine Neuigkeit; meine Mutter hat im klassischen Sinne nicht allzu viel Mütterliches an sich, Umsorgendes, Geborgenheit Gebendes.

Wenn ich nach Hause kam, nachdem ich ausgezogen war, war dort das Bett nur selten für mich bereitet, der Tisch schon für mich gedeckt. Das übernahm ich, ohnehin umsorgte ich meine Mutter eher als sie mich, saugte Staub, kaufte ein, putzte Fenster. Meine Mutter kochte dafür meine Lieblingsspeisen und freute sich sichtlich, mich da zu haben. Für mich war das stets der Normalfall; erzählte ich im Freundes- oder Bekanntenkreis, dass ich nach Hause führe, war ich stets verwundert über das wissende Lachen und die Kommentare, mit denen das mir so gar nicht Selbstverständliche als Usus vorausgesetzt wurde: »Na, dann lass dich mal richtig verwöhnen!«

Meine Mutter ist kein Mensch, der andere verwöhnt. Sie ist ein Mensch, der gern mit anderen zusammen ist, eine Mutter, die ihre Kinder liebt. Aber sie selbst ist als Kind nie verwöhnt worden, schon gar nicht von ihrer Mutter.

Das ist mir nicht fremd. Es fällt mir sicher deshalb selbst schwer, mich umsorgen zu lassen; gleichzeitig aber sehne ich mich danach.

Auch ich selbst tue mich wiederum schwer damit, andere zu verwöhnen. Wie meine Mutter zeige ich meine Zuneigung in praktischer Hilfe und tatkräftigem Organisieren. Aber das kann sich ändern.

Denn erstaunlicherweise war, als ich einen Monat nach ihrem Einzug meine Mutter das erste Mal in ihrer neuen Heimstatt besuchte, das Bett für mich bereitet, der Tisch gedeckt. Und seither ist das jedes Mal der Fall.

Wie gesagt: Dieser Umzug ist eine Chance, nicht nur für meine Mutter.

Sondern auch für mich.

61

Bei diesem ersten Besuch in der neuen Wohnung meiner Mutter am Schillerring fahre ich nicht am Haus am Schießplatz vorbei. Ich brauche ein wenig Abstand; ich habe Angst, traurig zu werden, wenn ich das leerstehende Haus sehe. Aber ich sehe es dennoch: Nachts wache ich im Wohnzimmer meiner Mutter auf und weiß einen Moment lang nicht, wo ich mich befinde. Dann sehe ich schwaches Licht durch die Ritzen der Jalousie fallen und erinnere mich.

Ich kann lange nicht wieder einschlafen, Bilder ziehen vor meinem inneren Auge vorbei. Irgendwann wird mir klar, was ich da sehe. Ich mache einen Rundgang in der Erinnerung.

Von weitem: das rotgeziegelte Dach, die weiß verputzten Wände. Die graugestrichenen Holzladen vor den Fenstern, oben im Bad fehlt die rechte Lade.

Fliegengitter sind vor den Fenstern angebracht, in von meinem Vater selbst gezimmerten Rahmen.

Die Straße, die am Haus vorbeiführt, zum Eingang der Erprobungsstelle am Ende. In der Mitte gerissener Asphalt, die weiße gestrichelte Linie bröckelig. Das Stück vorm Haus frisch geteert, ein Jahr zuvor.

Die Bordsteinkante, abgestoßen, gebrochen. Die Hecke, in vollem Schwung. Erst im letzten Sommer vor unserem Auszug beginnt sie vorn an der Bürgersteigkante abzusterben: auch hier ein Abschied.

Die Einfahrt, erst vor einigen Jahren neu gepflastert, da die Wurzeln der Kiefer nebenan die Steine angehoben hatten. Daneben der Findling, den meine Mutter selbst aus dem Waldstück gegenüber geholt hatte. Der Nussbaum im Vorgarten, die dilettantisch von mir gezogene Pfahlmauer des Hochbeetes, mit Draht mühsam gehalten.

Das Gartentor, von mir und meiner damaligen Freundin einige Jahre zuvor frisch gestrichen. In Braun; meine Mutter hatte eigentlich eine bunte Farbe gewollt,

aber im Keller stand eben nur eine Dose mit braunem Lack, die wir dann nahmen.

Noch früher hatte mein Vater einen Sichtschutz aus grüner Gartenfolie am Zaun angebracht, den wir beim Streichen entfernten: Meine Mutter hatte nichts zu verbergen und wünschte sich freie Sicht auf die Straße.

Der Riegel der Pforte mit seinem metallischen Klacken. Das Vorhängeschloss, damit der Hund allein im Garten bleiben konnte und nicht gestohlen werden würde.

Die Pflastersteine im Hof, die kleinen Findlinge als Beetbegrenzung, das Werk meiner Mutter. Die schönen Pflanzen im Garten, darunter ein Busch in Form eines Atompilzes. Die Form hatte er dem Boxer meiner damaligen Freundin zu verdanken, der sich jahrelang immer im Kreis herumgehend daran rieb. Als wir uns trennten und der Boxer nicht mehr kam, erholte der Busch sich rasch, nahm seine ursprüngliche Form schnell wieder an.

Die Feuerstelle, kaum genutzt; im Sommer gab es hier immer zu viele Mücken, als dass man sich abends gut draußen aufhalten konnte. Mein Vater aber saß manchmal im Stuhl und sah in den Himmel, lauschte den Vögeln, lachte erfreut, wenn er einen unbekannten hörte oder einen lange nicht gehörten wieder vernahm.

Die Hecke, hinten die schönen Pfingstrosen, der von meiner patenten Schwester erbaute Unterstand mit den blauen Tonnen darin, die Kiefernzapfen bargen. Der Rasenmäher daneben und die Liegestühle. Dahinter die Gräber von unserem Dackel Lasse und Sternchen, dem Kanarienvogel meines Vaters.

Der Zaun, dahinter früher der Weg, nun von gefallenen Bäumen versperrt. Das Gartentor, oft repariert, aus morschem Holz mit den klaffenden Löchern darin. Die Buchsbaumhecke am hinteren Rand, die Komposttonnen, das Gewächshaus mit dem Kieselbeet davor; immer warm war es darin. Früher mit Pflanzen bestückt, nun steht es leer. Daneben die Gestelle für Töpfe, der Apfelbaum mit dem Teich darunter, der meiner Mutter zum Verhängnis wurde, mit dem Vogelhaus, worin stets Meisen brüteten.

Der Schuppen, mit dem Vorbau, Ranken daran, Bastmatten, die beiden Regenwannen dahinter. Der Fahrradständer, die Steinplatten, der Tisch, auf dem stets Körbe mit verschiedenen Gartenutensilien oder Hundespielzeug standen.

Im Schuppen: von meinem Vater beschriftete Halterungen an der Wand für Werkzeug. Hier hat er noch bis zum Ende seine Zeichen hinterlassen, Regale mit Dingen, die er hier bewahrt hat, Nägel an den Balken für Schläuche und andere Geräte, draußen dann der Wasserhahn am Rand der gepflasterten Terrasse.

Die Wohnung, die Steintreppe, die hinaufführt: drei Stufen. Ein wenig zu eng, um bequem darauf sitzen zu können, wenn die Tür geschlossen ist. Die scharfen Kanten, mit Fugenmasse ungeschickt verfüllt. Früher waren es schöne, rechteckig Steinplatten. Die runde Lampe über der Tür, das fehlende Vordach, darüber die Glasbausteine. Es hat uns besser gefallen, als oben noch keine Steine, sondern eine Holztür eingebaut war und

danach ein Fenster. Es war schön, dort zu sitzen und hinauszusehen.

Der Dachboden dahinter: Spinnenweben, Wespen- oder Spinnennester, Tierexkremente. Zweigeteilt, unten standen seit gut dreißig Jahren die alten Holzschulbänke, oben Teppichboden, Wäscheleine, die alte Kommode mit der Marmorplatte, das Nähmaschinengestell, der alte Reisekoffer, Überseekoffer, innen mit marmoriertem Papier ausgekleidet, zwei Schnallen daran, die sich bis zur Kante schließen ließen. Der alte Holztisch aus dem Zimmer meiner Schwester, ein Stuhl von mir. Die beiden Treppenstufen, wo die uns besuchenden Raucher saßen, im Winter.

Zwei kleine Sparte, durch die Tageslicht einfiel, Dachziegel aus durchsichtigem Material.

Der Hintereingang ins Haus, der in den Vorraum führte. Die flackernde Neonröhre, die ewig brauchte, bis sie erstrahlte. Die hölzerne Verkleidung links neben der Küchentür. Kleine, schießschartenartige Fenster in den Vorräumen, mit Fliegendreck gesprenkelt. Von meinem Vater angebrachte metallene Regalleisten, weiße Regale mit Vorräten, die Kühltruhe, der Kühlschrank. Der Raum mit der Waschmaschine auf einem Betonpodest; alles in diesem Raum war alt und leicht heruntergekommen: das braune Paisleymuster der PVC-Tapete, das kleine, zerkratzte Waschbecken mit dem Kaltwasserhahn, darüber der Spiegel mit einem in metallenes Gestänge eingehängten verspiegelten Boden.

An der Tür das Schild mit dem goldenen Mädchen auf dem Topf, das ich einige Jahre zuvor auf der

Straße gefunden und heimlich hier angebracht hatte; meine Mutter hatte sich sehr darüber gefreut, obwohl das Schild in einem Stil gehalten war, der keineswegs zu ihr passte und ihr doch ausnehmend gefiel. »Das hab ich mir schon lange gewünscht!«, rief sie damals überrascht aus. Einfache Freuden, einfach Freude zu machen; so etwas gefällt mir gar sehr.

Das Klo, der alte Wasserkasten mit der langen Kette, an der ein schwerer, metallener Tannenzapfen baumelte. Die durchsichtige Klobrille, die Froschfiguren auf dem Fensterbrett. Der Griff zum leichteren Aufstehen, angebracht nach dem Sturz meiner Mutter in den Gartenteich. Die Klorollenhalterung und die hölzerne Lampe, die ich beide nicht leiden konnte.

Die Regale mit Vorräten hygienischer Art: Toilettenpapier, Taschentücher, Reinigungsmittel. Dazwischen ein Bücherregal.

In der Küche abgenutzte Linoleumfliesen, grün, mit schwarzen Fugen dazwischen. Einfache, silberfarbene Türgriffe. Hohe Wände, die Tapete, die sich immer wieder löste. Die Fenster, aus denen man im Sitzen gut hinaussehen konnte, nur das Fliegengitter versperrte die Sicht. Die Küchenzeile, die zusammengewürfelt seit Jahren kaum merklich verändert wurde: die alte Spüle mit dem weißen Unterschrank, der Herd, dazwischen die Geschirrspülmaschine. Oben die von meinem Vater getischlerte Verkleidung für das Abluftgerät, das seit vielen Jahren nicht mehr funktionierte. Die Fliesen an der Wand, altmodisch verziert, weiß mit orange, das dunkle Holz der Türen und Rahmen, der kleine Levis-

Spiegel-Aufkleber ganz unten rechts, für unseren Dakkel Lasse im Jahre 1979 angebracht. Er hat bestimmt nie hineingesehen. Und wenn, dann hat er sicherlich nichts darin erkannt, schon gar nicht sich selbst.

Der Flur mit dem uralten Teppichboden, grau gemustert. Die Anrichte, klobig, das große Panoramafenster, die Tür mit dem Oberlicht darüber, immerzu zugig. Die Vortreppe draußen, drei Stufen, breit; wie gern habe ich darauf gesessen, wie selten jedoch.

Der Durchgang zu den hinteren Zimmern und der Treppe zum Obergeschoss: eng, mit vorspringenden Rahmen. Die Heizung rechts, links die Tür zum Keller. Die helle Holztreppe hinunter, holzverkleidete Wände, dahinter die Rohre.

Der Keller, trocken, nach Öl riechend. Glatte, unverputzte Wände. Haken im Durchgang, an denen Geschenkpapier in großen Tüten hing. Der kleine Flur mit dem schwarzen Drehschalter, in dem die Schuhe standen, auf Regalbrettern, darunter die kaum genutzte graue Schuhputzmaschine – wo sie wohl jetzt sein mag?

Der Ölkeller dahinter, verschlossen mit seiner dicken Metalltür, die immer laut knallte, wenn sie zufiel. Der alte Schreibtisch meines Bruders darin, die Schubladen leer. Die hüfthohe Mauer mit den drei Tanks dahinter. Die wummernde Heizung, ein viereckiger Koloss, vor dem wir alle immer ein wenig Angst hatten.

Der große Kellerraum mit seinem Betonboden, die hölzerne Tür zum hinteren Keller, mit dem altmodischen Klappriegel daran. Abgenutzter Sisalboden, furnierte

Regale, die grüne, ausrangierte Schrankwand, die alte Küchenanrichte. Früher hat mal hier mein Schlagzeug gestanden.

Das Wohnzimmer. Die dunkle Holztür, die holzverkleideten Wände, die Deckenleuchten, kreuzweise gehängt, die grelles, unangenehmes Licht verbreiten. Verblichene Flecken dort, wo einst andere Bilder hingen. Das glatte Gefühl der Fenstergriffe in meiner Hand, ebenso wie die Türklinken. Die Ecke, in der der Rattanstuhl meines Vaters stand, später der Fernsehsessel.

Die ausgeblichene Stelle im hellen, gemaserten Linoleumboden. Der Durchgang zum blauen Zimmer, das seinen Namen behielt, auch wenn es zuletzt rosa gestrichen war. Früher habe ich dort an lauen, trägen Sommersonntagen das »Buch der Zwerge« aus dem Regal gezogen und durchgeblättert, so wie die anderen Bücher. Ich wusste immer, was in den Regalen stand. Und was in den Schränken war: Geschirr. Alte Fotobände. Fotos in Blechdosen. Dinge, die meinem Bruder gehörten. Dias in großen, grauen Kästen, nach Jahren geordnet, die Etiketten in der schönen, klaren und doch leicht altmodischen

Handschrift meines Vaters beschriftet. Ja, das blaue Zimmer, in dem ich nichts Rechtes zu suchen hatte, das mir das am wenigsten vertraute blieb.

Das Elternschlafzimmer, das nach dem Tod meines Vaters zum Zimmer meiner Mutter wurde: das große Fenster nach hinten hinaus. Die halbhohe Holzvertäfelung mit den eingebauten Lampen und Licht- und Fernsehschaltern. Regale allenthalben, bunt zusammengewürfelte Schränke und Kommoden. Auch hier Linoleumboden, teppichbelegt. Die Schrankwand mit den vielen Kleidungsstücken darin, die Regale mit Bettwäsche rechts daneben.

Wie schwer sich die Fenster öffnen und schließen ließen, überall im Haus, aber hier unten im Erdgeschoss besonders.

Der Flur mit dem Treppenhaus, hell gestrichen, mit selbst gezeichneten Kinderbildern beklebt. Weißlackiert das hölzerne Geländer, der glattgeschmirgelte runde, einstmals schwarze Handlauf nun blau. Unten, in den Ecken der Treppenfugen, sammelte sich der Staub, war schlecht wegzusaugen.

Den Handlauf, das Treppengeländer habe ich geliebt. Und auch den Treppenabsatz, auf dem früher die beiden Weidenkörbe standen, die meine Schwester und ich einst für fünf Mark bei einem Besuch in Bargteheide bei Tante Gesche kauften und in denen wir, übermütig und frech, im selben Geschäft ein paar Wollknäuel unbezahlt durch den Kassenbereich schmuggelten. Wolle beherbergten sie auch später, und Plüschtiere auch, auf ihrem Platz auf dem Treppenabsatz.

Die Treppe knarrte stets; es war nicht möglich, nachts unbemerkt lautlos nach oben zu schleichen. Das Linoleum, die schwarzen Kanten, die sich lösten und an den Ecken hochbogen.

Oben die Lampe an der Decke, mit keiner Leiter erreichbar, vor langem war schon der Schirm abgefallen. Zwei verschiedene Birnen ragten in verschiedene Richtungen, genau wie im Bad. Davor der abgetretene Fußboden, die Brüstung, über die ich so gern meine Hosen hängte. Mich so oft gebeugt habe, um hinunterzuschauen, den Hund – den Dackel, mehrere Gast- und Pflegehunde, dann meine beiden Labradormischlinge, zuletzt auch den jetzigen kleinen – unten stehen zu sehen, wedelnd, zu mir hochblickend, oft aber auch in die falsche Richtung, ratlos suchend: geradeaus statt nach oben, erst auf mein Rufen hin erkennend, wo ich mich befand.

Neben der Tür zum Bad die beiden Ziehhaken für die Bodentreppe zum Dachboden, der veraltete Stromkasten mit den nachtschwarzen Sicherungen darin.

Das Bad selbst: die zu oft überstrichene Tür, das vergilbte Fenster. Die Haken, an denen die Gardinen befestigt waren, das Mückengitter, das ich an den grünen Drahtschlingen so oft gelöst habe, um verirrte Fliegen hinauszulassen. Die sich langsam ablösende Tapete, mit Elefantenhaut in Meterhöhe überstrichen. Die Uhr oben über dem Klo. Die niedlichen, von meiner Mutter selbstgenähten passgenauen Deckchen für den Spülkasten und das Bord unter dem Spiegelschrank, rosa, weiß mit rotschwarzen Blumen.

Die Heizung mit ihrem abblätternden Anstrich, der erneuerte Drehgriff, der Spiegelschrank, Marke Alibert, alt, noch mit der Halterung für den Rasierer meines Vaters daran, auf der linken Seite. Die selbstgeschreinerten und rotlackierten Handtuchhalter, rechts und links daneben und gegenüber. Den längeren mit den eingeschraubten Haken für die Handtücher und Waschlappen habe ich mitgenommen, am letzten Tag abgeschraubt, ebenso wie den von meinem Vater selbstgedrechselten Klorollenhalter.

Die Fliesen: kleine Steinchen am Boden, hell, eine schwarze Leiste mit rechteckigen an der unteren Wand, darüber die gleichen Siebziger-Jahre-Fliesen wie in der Küche. Über der Wanne dann einfarbige, dunkelbeigefarbene. Die Duschkabine, die sich in den vielen Jahrzehnten dunkelbraun eingefärbt hat und nicht mehr recht in den Scharnieren hielt. Der Duschkopf, ein Grohe-Klassiker, hingegen perfekt in Schuss von 1979 bis zum Schluss. Die beiden erneuerten Überlaufventile in der Wanne aus Edelstahl, die das vorige bauchförmige, schwarze abgelöst hatten. Der angelaufene Haltegriff, die Halterung für den Duschkopf. Hinter der Duschwanne die Tapete, sich ablösend.

In diesem Raum habe ich mich unzählige Male aufgehalten. So oft war ich hier auf der Toilette, auch nachts, wenn ich nicht schlafen konnte; dann, später, als ich ausgezogen war, atmete ich am Fenster nachts in tiefen Zügen die gute Luft ein, so viele Male, wie ich an Jahren zählte; das Leben lag noch fast in seiner Gänze vor mir. Orakelhaft atmete ich weiter dazu ein und aus: So viele Jahre lebt der Hund noch, so viele Jahre ich selbst …

Der Spitzboden ganz oben mit seiner ausziehbaren Metalltreppe: fremdes Terrain, unerforscht. Ein Teewagen steht noch dort oben, Staub, Putz, Mörtel, Hinterlassenschaften von unzähligen Lebewesen. Vielleicht auch die Reste einer Antennenanlage.

Der Flur, von meinem Vater selbst eingebaut, eher ein Gang. Rigips, Trockenbau, schmal, aber sogar der besagte Kleiderschrank meiner Schwester, der heute im Abstellraum meiner Mutter steht, fand eine Weile Platz darin. Überm Eingang zum Zimmer meiner Schwester eine geriffelte, durchsichtige Plexiglasscheibe, darunter ein kleines Regal, auf dem meine Schwester ihre Geräte für Linolschnitte aufbewahrte.

Ihr Zimmer selbst: klein, verwinkelt, dunkel, weiß gestrichene Raufasertapete. Rechts um die Ecke gerade genug Platz für den Schrank und, später, als wir schon ausgezogen waren, daneben eine Matratze oder das Bügelbrett, aufrecht stehend. Ein kleines Regal zwischen Fenster und Erkervorsprung, darauf stand jahrelang ein Wunschnummernschild: »Tine 16«, ein Geschenk zum sechzehnten Geburtstag von Caroline

T., der Tochter des Superintendenten. Unsere Familie war stets sehr verwurzelt in der Gemeinde, auch der Kirchengemeinde; das Schild zeugt wie vieles andere davon.

Das Fenster mit dem kleinen Loch in der unteren, äußeren Hälfte; dort hatte einer ihrer Freunde – D. oder C. – nachts einen Stein dagegen geworfen, um heimlich eingelassen zu werden, kurz nach unserem Einzug; wir haben das Fenster nie austauschen lassen, vierunddreißig Jahre lang nicht. Ein Aufkleber daneben: »Ich hab Spaß«.

Links gerade Platz für das Bett, die Schräge darüber. Früher konnte ich mir nicht einmal vorstellen, hier zu schlafen, Dachschrägen machten mir immer ein unbehagliches Gefühl, auch diese; aber am Ende ging es dann doch gut, ich schlief einige Male hier, und das gut. Dinge ändern sich, auch wenn es vorher kaum möglich scheint.

Und dann mein Zimmer: Wohl habe ich mich gefühlt in diesem Zimmer, geschützt, hier bin ich erblüht, hier bin ich das geworden, was ich immer noch bin: eine dramatisierende, suchende, sich stets prüfende, sinnenfrohe, lebensfreudige, ängstliche, lebendige, sich selbst durch Schreiben vergewissernde Frau.

Raufasertapete auch hier, darunter die sich ablösenden, braunen Fußleisten. Die Spinne oder Kakerlake, die ich vor so vielen Jahren darin verschwinden sah, als ich krank im Bett lag, bei einem meiner Besuche. Der verblichene PVC-Boden, in den letzten Jahren von blauem Teppich bedeckt.

Die Ecke links, in der die Tapete spannte und riss, das zwischen Mauervorsprung und Wand perfekt eingepasste Bücherregal, natürlich ein weiteres Werk meines Vaters. Die Wand, an die mein schon lange verstorbener guter Freund Markus – er starb ein Jahr vor meinem Vater, an Leukämie – damals »Sex and Drugs and Rock'n Roll« geschmiert hatte; ich hatte ihm freigestellt, die Wand zu verzieren, aber danach hatte ich fast geweint und alles sofort überstrichen. Die Schräge mit der abblätternden Farbe, auch hier Fingerabdrücke, darunter stand all die Jahre mein Bett.

Der Erkervorsprung mit dem Fenster; hier stand von Anfang an bis zum Ende mein Schreibtisch, früher hingen hier meine geliebten Pflanzen, von einer Pflanzenlampe beleuchtet. Die Klebespuren von Fotos, die ich dort in den vergangenen Jahrzehnten angebracht und nie entfernt habe. Das Fliegengitter im Sommer, das mich stets gestört hat, weil es mir die freie Sicht auf die Wiese und die Lärche schräg gegenüber nahm.

Die kleine Holztür zur Abseite, dahinter ein schmaler Spalt, rohe Dachpfannen, nicht isoliert, Staub, Spinnenweben. Einmal hatte mein damaliger Freund dort Stunden gehockt, nackt war er hineingesprungen, ich hatte ihm seine Kleidungsstücke hinterhergeworfen, als mein Vater überraschend früher von der Arbeit nach Hause gekommen war. Briefe hatte ich dort aufbewahrt, in alten, runden Waschmaschinenpulvertonnen; ich habe sie dort stehen lassen, als ich vor einigen Jahren die Tür verschlossen, zugespachtelt und übermalt hatte, um den ewigen Windzug, der durchs Haus pfiff, zu vermindern.

In den letzten Jahren war der Zug stärker geworden, das Haus schien über unseren Köpfen nach und nach zu verfallen, die Fensterrahmen verzogen sich, überall klafften Spalten, die Regenrinne hing immer mehr durch, Dachschindeln fielen herunter und Fußbodenleisten ab.

Links neben der Tür oben in der Ecke meine Fingerabdrücke in den weißen Dämmplatten, die ich als Vierzehnjährige bei einem Besuch meines Freundes M. dort hinterlassen hatte: Wie er geschimpft hatte, dass ich an die Nachmieter denken solle. Die wird es nun wohl nicht geben, vermutlich waren wir die letzten Mieter. Zumindest kann ich mir nicht vorstellen, dass hier noch jemand wohnen wird, zu abgewohnt scheint mir das Haus, zu groß der Sanierungsbedarf.

Das Haus hat seinen Zweck erfüllt. Nun bleibt es sich selbst überlassen. Unterliegt eigenen Gesetzen, an denen ich nicht mehr teilhaben werde.

Mir bleibt die Erinnerung. Und auch sie wird sich wandeln. Verblassen. Neu keimen. Und dadurch leben.

Mutter und Tochter am 80sten Geburtstag am 16.7.2016

62

Im Alter werden die Kreise, die man zieht, enger. Das Leben reduziert sich, Bindungen lösen sich, Freundschaften vergehen. Die Anzahl der einstmals unzähligen Möglichkeiten verringert sich, die Welt steht einem nicht mehr so uneingeschränkt offen wie in jungen Jahren.

Mit Anfang, Mitte fünfzig, das sah und sehe ich in meinem Freundes- und Bekanntenkreis, beginnen auch die bislang Gesunden erste Zipperlein zu plagen. In diesem Alter verstärkten sich die Krankheitssymptome meines Vaters, zudem erlitt er jenen Unfall, von dem er sich nie wieder richtig erholte; meine Mutter erkrankte im gleichen Lebensalter an einer Herzmuskelentzündung und muss seither Medikamente nehmen.

Was ihr jedoch weitaus mehr zu schaffen macht, ist die ausgedehnte Arthrose im Knie, die ihr das Gehen und Sitzen zusehends erschwert. »Nie hätte ich gedacht, dass ich mal nicht mehr richtig laufen kann!«, hat sie unzählige Male erstaunt erklärt, und immer noch scheint sie verwundert über die Tatsache, dass ihr alternder Körper sie in dieser Hinsicht derart im Stich lässt.

Das Reisen wird ihr Jahr um Jahr beschwerlicher, das einstmals so geliebte Fahrradfahren ist seit ihrem Oberschenkelbruch unmöglich, stattdessen benötigt sie – nicht immer, aber bei längeren Strecken – einen Rollator. Die Feststellung, dass die Welt um sie herum nur sehr eingeschränkt seniorengerecht eingerichtet ist, kommt meiner Mutter mehrfach täglich über die Lippen: Treppen sind zu steil, Sitzgelegenheiten und Toiletten zu tief, Geländer fehlen, Haltegriffe erst recht.

Die Welt ist für mobile Menschen gemacht, und je immobiler meine Mutter wird, desto reduzierter wird auch ihr Bewegungsrahmen.

In der Wohnung am Schillerring jedoch fühlt sie sich sicher und gut untergebracht, wenngleich ihr die Gesellschaft der anderen Senioren lange nicht so zusagt wie erhofft. Die meisten Bewohner verbringen ihre Tage mit Essen, Tratsch und Fernsehen, kaum jemand liest oder interessiert sich für Politik; erstaunt hat meine Mutter festgestellt, dass in den wenigsten Wohnungen Bücher vorhanden sind. Die von der angeschlossenen Sozialstation angebotenen Zusammentreffen erschöpfen sich in Gymnastik, Singen und einem monatlichen gemeinsamen Frühstück, woran meine Mutter jedoch nicht teilnimmt, da sie – im Gegensatz zu den meisten anderen Bewohnern – als Diabetikerin streng auf ihre Ernährung achtet und ohnehin keinen Gefallen an üppigen Fleischbergen findet, wie sie vorrangig auch bei den gelegentlichen Festivitäten aufgetischt werden.

Gleichwohl lebt meine Mutter ein in ihrem Rahmen recht geselliges Leben; absolviert tägliche, teils auch kilometerlange Gänge mit ihrem Rollator, geht einkaufen, zum Shoppen in die Stadt, manchmal auch zum Gottesdienst in die Kirche. Sie besucht alte und auch neue Bekannte, empfängt ihre – vornehmlich jüngeren – Freundinnen und ist wie seit jeher immer noch sehr gut darin, neue Kontakte zu knüpfen.

Wer rastet, der rostet – auf meine Mutter trifft das, wie ich mit Wohlgefallen und Erleichterung sehe, nicht im Entferntesten zu.

Man altert nur äußerlich, das ist mein Eindruck, nicht nur, wenn ich meine Mutter betrachte. Bei allen älteren Menschen, die ich kenne, scheint es mir, als ob das Innere nicht mitgealtert ist. Und auch ich selbst habe das Gefühl, innerlich nicht mit meinem physischen Alter Schritt gehalten zu haben. Ich fühle mich kaum anders als mit fünfunddreißig, vierzig, als wäre ich gefühlsmäßig dort stehen geblieben; und so geht es auch vielen älteren Menschen, die ich danach gefragt habe: Ja, der Körper altert, und die Umstände verändern sich, aber innerlich empfinden sie sich nicht anders als in ihrer Lebensmitte. Nur, dass die Persönlichkeitsmerkmale sich verstärken. Eigenschaften, leider auch negative, prägen sich stärker aus.

Nichts bleibt, wie es ist, heißt es, und dass Menschen sich ändern. Aber ich glaube, das stimmt nur bedingt. Ich glaube, im Grunde bleiben wir dieselben.

Auch meine Mutter besitzt immer noch ihren ungestümen, oft kindlichen Charakter, ihre Spielfreude, ihre Redelust und ihr großes Bedürfnis, wahrgenommen, gesehen zu werden.

Vielleicht sogar mehr denn je.

63

Die schönste Zeit in meinem Leben war, als Horst noch gesund war und die Kinder klein waren. Da konnte ich meine Fähigkeiten gut ausleben: Mit den Kindern singen, basteln, spielen, das war wirklich schön.

Ich hatte auch immer das Gefühl, dass ich eigentlich immer lieb mit den Kindern war – zumindest habe ich es versucht. Mir war es wichtig, dass meine Kinder es guthatten. Das war immer ein schönes Gefühl, so heimelig, weil wir dann auch so zusammen waren.

Ich selbst habe es als Kind so gern gemocht, dass ich so viele Geschwister hatte. Man war nie alleine, das fand ich gut. Alleine sein ist immer schwierig, weil man sich dann so verloren vorkommt. Die vielen Einzelkinder, auch mein eigener Enkel, tun mir leid. Sie müssen alles allein tragen, das ist schwierig, finde ich.

Heute kann ich das Alleinsein gut aushalten, weil ich alles zur Zufriedenheit abgeschlossen habe. Meine Kinder sind groß, ich habe sie ins Leben entlassen. Als Eltern hat man ja die Aufgabe, die Kinder so zu erziehen, dass sie ihr Leben meistern. Sonst wäre man ja auch unglücklich, wenn die Kinder im Leben nicht klarkommen. Ich glaube, das haben Horst und ich gut gemacht. Unsere Kinder sind selbstständig – und dazu muss man sie erziehen. Meine

Kinder sind rechtzeitig weggegangen. Das war natürlich traurig, aber ich hatte ja dann immer noch Horst.

Das Zusammenleben mit den Kindern und als Familie fiel dann zwar weg, aber man konnte wieder da anfangen, wo man aufgehört hatte: miteinander gut auszukommen. Viele Menschen haben sich nach der langen Phase der Kindererziehung auseinandergelebt und sich nicht mehr viel zu sagen. Aber das war bei uns nicht so.

Wir hatten uns immer viel zu sagen. Aber vielleicht liegt es auch an mir; ich habe ja immer etwas zu sagen! Das Miteinander-Reden in einer Ehe darf nie aufhören.

Und dann hatten wir dann ja auch die gemeinsame Friedhofsarbeit, mein Mann und ich. Da haben wir uns wiedergetroffen auf eine neue Art – Horst war damals ja schon ziemlich von seiner Krankheit gezeichnet und konnte zum Beispiel nur ganz langsam über den Friedhof gehen. Damals hatte ich dafür nicht so viel Verständnis, ich weiß noch, dass ich ihm gesagt habe, er solle doch mal ein bisschen flotter gehen. Aber das konnte er vermutlich gar nicht mehr.

Heutzutage, wo ich selber so schlecht zu Fuß bin, kann ich das nachvollziehen.

Ich hätte nie gedacht, dass ich nicht mehr so gut laufen kann wie jetzt, nie! Oder dass ich eines Tages nicht mehr Rad fahren kann.

Abends wage ich mich nicht mehr raus. Aber ansonsten regele ich das so, dass ich zum Beispiel meine Freundin Anna anrufe und frage, ob und wann ich mal kommen kann, und dann gehe ich von hier aus gemütlich los mit meinem Rollator, besuche sie und wir essen zusammen und spielen, und dann gehe ich gemütlich wieder zurück. Auf meine Art bin ich dadurch immer noch mobil, und das finde ich gut. Manchmal gehe ich auch eineinhalb Stunden am Stück und mache dann eine Pause auf meinem Rollator, schließlich kann man darauf ja ziemlich gut sitzen, in genau der richtigen Höhe. Dafür sind diese Teile ja da! Ich kann auch nicht verstehen, dass so viele alte Leute keinen Rollator benutzen. Damit kommt man überall hin.

Ich bin auch so ganz zufrieden, denn ich bekomme ja Besuch von meinen Kindern. Natürlich wohnen sie weit weg – in Berlin und Unna, das ist ja nicht gerade um die Ecke, aber immerhin haben sie mich nicht verlassen, meine Kinder.

Für meine Kinder ist es auch schwierig, dass wir so weit auseinanderwohnen, aber heutzutage leben die Leute eben nicht mehr alle zusammen.

Im Alter kommen die Eigenheiten zum Tragen. Früher dachte ich zum Beispiel immer, dass ich so wahnsinnig pflegeleicht sei. Aber heute glaube ich das nicht mehr – ich habe mittlerweile eine gewisse Ordnung, die auch so bleiben soll. Klar freue ich mich, wenn meine Kinder kommen, aber sie dürfen dann auch wieder weggehen. Das ist ja nicht hässlich gemeint, aber man ist eben nicht mehr so flexibel im Alter. Es bringt ja eine gewisse Unruhe mit sich, wenn da Menschen zu Besuch kommen. Man ist es einfach nicht mehr gewohnt, dass da noch jemand mit in der Wohnung sitzt und Raum einnimmt.

Ich bin aber froh, dass meine Kinder nicht allein leben. Für meine Kinder finde ich es gut, dass sie Partner haben und nicht alleine leben. Im Alter kommt das dann noch früh genug.

Ich selbst bin ganz zufrieden, dass ich hier so für mich allein wohne. Anders würde ich es gar nicht wollen. Meine Wohnung ist klein und gemütlich und überschaubar, und ich kann sie noch selber sauberkriegen, das ist doch was!

Ich finde es schön, dass ich im Wohnzimmer keine Gardine habe. Draußen kann ich die Tiere beobachten – Katzen und Vögel, da ist eigentlich immer was los.

Ich bin auch nicht einsam, ich habe immer was zu tun. Zum Beispiel lese ich so gern – wenn ich lese, dann bin ich immer die Hauptperson, das finde ich super. Die anderen Seniorinnen um mich herum hier lesen alle nicht, das kann ich überhaupt nicht verstehen. Die gucken eigentlich nur fern und tratschen übereinander. Das wäre mir zu wenig!

Anregende Gesellschaft suche ich mir selbst. Und ich habe genug vor, bekomme viel Besuch. Kann in die Stadt gehen und mir alles Mögliche angucken in den Geschäften, aber ich muss ja nichts kaufen. Ich finde, ich bin eine zufriedene alte Frau.

Ruhiger oder gelassener bin ich nicht geworden. Ich bin genauso temperamentvoll wie eh und je und kann fürchterlich in Brass geraten, wenn ich zum Beispiel beim Spielen verliere.

Innerlich fühle ich mich jung. So ungefähr wie Mitte Dreißig. Nur die äußere Hülle ist alt.

Ich bleibe der Mensch, der ich immer war, nur in älter.

(Aus einem Interview mit meiner Mutter, 2016)

64

An einem lauen Sommerabend, ein Jahr nach ihrem Umzug, sitzen wir beide auf ihrer Terrasse, meine Mutter auf der mit selbstgenähten Polstern belegten grünen Plastikbank, die sie aus dem alten Garten mitgenommen hat, ich auf einem der dazu passenden Stühle. Ich trinke mein zweites Bier, was sie nicht ohne mürrischen Kommentar zur Kenntnis genommen hat – »Du bist wie dein Vater, der hat auch immer Bier getrunken!« –, sie hat eine Eineinhalbliterflasche Diätcola geleert und streichelt den kleinen Hund, der sich in der schmalen Lücke neben ihr äußerst behaglich zu fühlen scheint, seinen halbgeschlossenen Augen nach zu urteilen.

Die Luft ist mild, es riecht nach Sommer, und von der nahen Umgehungsstraße ist hin und wieder das Geräusch vorbeifahrender Autos zu hören. Zufrieden lehne ich mich zurück. Am Schießplatz konnten wir wegen der vielen Mücken nur selten abends draußen sitzen, aber hier, so nahe an der Innenstadt, gibt es kaum Mücken.

»Vermisst du manchmal unser altes Haus?«, frage ich. Meine Mutter schüttelt den Kopf.

»Nein«, sagt sie. »Ich habe es ja gut hier. Ich bin froh, dass ich diese kleine Wohnung habe, eine andere könnte ich ja gar nicht bezahlen.«

Das stimmt nicht ganz, natürlich könnte sie auch eine andere Wohnung bezahlen, ein wenig mehr Miete wäre problemlos möglich.

Aber das ist es nicht, was sie meint. Und ihr nächster Satz spricht das auch aus: »Hier bleibe ich, solange ich kann«, sagt sie und streichelt dem Hund über den Kopf. »Und wenn ich nicht mehr kann, müsst ihr mich ins Pflegeheim schaffen oder sonst wohin. Aber solange ich kann, bleibe ich hier wohnen.«

Die Anfänge: eine nahezu idyllische Kindheit, dann Flucht und Vertreibung, brennende Bahnhöfe, Fliegerangriffe und Bomben. Versetzungen, Umzüge, eine Heimat auf Zeit. Und jetzt dieser Platz hier. Ihr verschlungener Lebensweg hat meine Mutter viele Tausende von Kilometern weit geführt: gelandet ist sie, die Breslauer »Lerge« – sowohl ein Schimpfwort als auch Kosename für die Bewohner*innen Breslaus –, am Ende in einer betreuten Seniorenwohnanlage in einer emsländischen Kleinstadt.

Ich frage mich, wohin mich mein Lebensweg noch führen wird. Fünfmal umgezogen bin ich bislang, an vier Orten habe ich gelebt; wo werde ich landen?

Meine Mutter weiß, wo ihre Heimat, ihr Zuhause gewesen ist. Das ist etwas, was ich auch eines Tages wissen möchte.

»Und vermisst du deine Mutter manchmal?«, frage ich. Die Frage steigt einfach so in mir auf. Meine Mutter sieht mich im Halbdunkel verwundert an, dann nickt sie.

»Manchmal, ja«, sagt sie. »Ich bin ja schon viel älter, als meine Mutter je geworden ist. Und Horst ist auch schon so lange tot, und ich bin immer noch da.

Manchmal wache ich nachts auf, und dann weiß ich für einen Moment gar nicht, wo ich bin, und dann vermisse ich meine Mutter. Vielleicht, weil man dann einfach mal so in den Arm genommen und gedrückt werden möchte. Aber ich hab es hier ja gut.«

Schweigend sitzen wir da. Für einen Moment möchte ich aufstehen, um den Tisch herumgehen und sie umarmen, aber das werde ich später tun. Stattdessen sehe ich zu, wie meine Mutter meinen kleinen Hund streichelt, der seine kurze Schnauze jetzt auf ihr Bein legt und genüsslich seufzt.

Ja, sie hat es hier gut, aber ich wünschte, wir würden näher beieinander wohnen, am besten, in einer Stadt; ich könnte sie öfter besuchen; ich wünschte, ich könnte die Anflüge von Einsamkeit, die das Alleinleben im Alter unweigerlich mit sich bringt, vertreiben.

Doch natürlich kann ich das nicht; jeder altert für sich allein, so ist das Leben. Wenn ich eines Tages selbst achtzig Jahre alt sein sollte, werde ich meine Mutter auch vermissen. Aber jetzt habe ich sie ja noch, und darüber bin ich sehr froh.

Was ich kann, ist, meine Mutter zu lieben, und das mache ich auch.

65

Ich vermisse, dass ich meiner Mutter nicht mehr erzählen kann, wie mein Leben weitergegangen ist. Was aus den Kindern geworden ist, welche Berufe sie ergriffen haben, dass sie damit glücklich geworden sind.

Mir war es wichtig, dass meine Kinder sich im Gegensatz zu mir ihre Berufe selbst aussuchen konnten, dass sie wirklich das machen konnten, was sie gern wollten. Früher wurde man ja in die Berufe hineingesteckt, darunter habe ich sehr gelitten, und das wollte ich meinen Kindern ersparen.

Ich hätte gern einen anderen Beruf ergriffen – einen künstlerischen oder auch sozialen. Gern hätte ich als Sozialarbeiterin im Gefängnis gearbeitet.

Natürlich, früher waren es unsichere Zeiten – einen Beruf wie Schriftstellerin, den hätte man seinem Kind wahrscheinlich nicht empfohlen. Aber heute vielleicht ja auch nicht.

Und heute ist auch eine Heirat keine Sicherheit mehr, in keiner Hinsicht.

Es ist ja, wenn ich so zurückblicke auf mein Leben, nicht nur die Mutter, die einem fehlt. Es ist auch mein Ehemann, der mir fehlt, der mir immer wieder gesagt hat: »Hase, so wie du es machst, ist es gut!«, und der mich im-

mer mal wieder in den Arm genommen hat. Ich glaube, das ist auch wichtig: Dass man einfach unvoreingenommen in den Arm genommen und gedrückt und geliebt wird.

Dass man Zuspruch bekommt und unterstützt wird, in dem, was man macht und wie man ist.

Körperlich möchte ich gar keinen Mann mehr haben, also, das brauche ich nicht mehr. Das will ich auch gar nicht, noch so einen alten Knacker um mich rum in meiner schönen kleinen Wohnung, den ich dann noch womöglich pflegen soll – nein danke! Nein, das Sexuelle fehlt mir nicht, nicht mehr – aber das Körperliche eben. Einfach mal gedrückt zu werden.

Aber schön ist zum Beispiel, dass meine Nachbarin uneingeschränkt lieb mit mir ist – wir sind beide recht temperamentvoll und verstehen uns nicht nur deshalb gut. Da spüre ich, dass sie mich liebhat, das ist schön, das ist viel wichtiger als alles andere im Alter, glaube ich: lieb gehabt zu werden.

(Aus einem Interview mit meiner Mutter, 2016)

66

Gut eineinhalb Jahre später fahre ich auf dem Heimweg nach Berlin an unserem ehemaligen Haus am Schießplatz vorbei. Es ist April, die Frühlingssonne steht hoch am Himmel, Bienen surren durch die Luft, überall knospt und grünt es.

Die Einfahrt ist von der Straße her kaum noch einzusehen, so hoch sind die Hecken gewachsen. Ich parke auf den grasüberwachsenen, gepflasterten Steinen, steige aus und lasse den Hund aus dem Wagen.

In den Ranken der Kiwipflanze an der Hauswand neben dem Eingang hat sich ein Vogel ein Nest gebaut; noch ist es leer. Darunter reckt sich eine Schar blauer Traubenhyazinthen gen Himmel.

Im Garten selbst zeigt der Bodendecker auf Purzels Grab erste Blüten, ein paar Narzissen stehen in den Beeten, auf dem ehemaligen Rasen, der jetzt zur Wiese herangewuchert ist, liegen Rehköttel in länglichen Haufen.

Ich atme tief ein, betrachte die grünlichen Ablagerungen an der Hauswand, die in alle Richtungen wachsenden Büsche, die kaum noch erkennbaren Wege. Hier war ich glücklich; dies ist meine Heimat.

Aber ich spüre auch, dass ich losgelassen habe. Und ich höre den stetig rauschenden Verkehrslärm von der nahen Bundesstraße, der in den vergangenen Jahren immer weiter zugenommen hat. Während ich den Hund betrachte, der mit hohen Sprüngen durchs wuchernde Gras hüpft und dann an einer Liegekuhle schnuppert, die vermutlich ein Reh hinterlassen hat, versuche ich mich zu erinnern, wie ruhig es früher hier war. Im Sommer habe ich stundenlang auf dem Rasen gelegen und den Vögeln gelauscht, dem Surren der Insekten. Das wäre nun kaum mehr möglich. Über das Talent, Lärm auszublenden, verfüge ich nicht.

Vorsichtig gehe ich durch das wilde Gras zurück zum Gartentor und richte die umgefallene Mülltonne, in der sich ein Stückchen Papier von meinem letzten Besuch hier befindet, wieder auf.

Ab und zu fahre ich hier vorbei, ein-, zweimal auch mit meiner Mutter zusammen, aber wir bleiben nicht lange. Meine Mutter fühlt sich hier sichtlich nicht mehr wohl, sie findet, es sähe aus, als wohnten hier Obdachlose. Und das stimmt auch.

Beim letzten Besuch ist sie gar nicht mehr aus dem Wagen gestiegen.

Als ich einen Becher mit Traubenhyazinthen aus dem Vorgarten geklaubt habe, biegen plötzlich drei Leute um die Ecke. Zwei Männer und eine Frau mittleren Alters, in Businesskleidung, die hier auf dem Lande durchaus nicht ganz so offiziell aussieht wie in der Stadt.

»So so, Berlin!«, sagt einer der Männer, der einen modischen Bart zu seiner modischen Brille trägt, nach einem raschen Blick auf das Kennzeichen meines Wagens. Die beiden anderen mustern mich misstrauisch. »Wir sind die neuen Mieter!«

Ich muss lachen. Dann schüttele ich den Kopf. »Die neuen Mieter? Ehrlich gesagt kann ich mir kaum vorstellen, dass Sie hier einziehen möchten.«

Die beiden Männer lächeln schwach, während die Frau ihren Blick über die Fassade des Hauses gleiten lässt. Ihre Mundwinkel ziehen sich nach unten.

»Na ja, wir nicht«, sagt der Bärtige, »aber wir sind die Mieter. Also, die Stadt Meppen. Wir wollen hier Flüchtlinge unterbringen.«

Einen Moment bin ich verdutzt, dann skeptisch, zugleich aber auch erfreut. Vielleicht wird hier doch noch jemand glücklich sein.

Doch ob Flüchtlinge sich hier wohlfühlen werden, so weit abseits der Innenstadt? Vielleicht schon. Ich hoffe es.

Als ich erkläre, dass ich die Vormieterin war, erkundigen sich die drei noch, wie lange das Haus denn schon leer stehe, dann zieht die Frau einen Schlüssel heraus und schließt die Vordertür auf – mit viel Mühe natürlich, schon immer hat sie geklemmt. Ich bin versucht, sie darauf hinzuweisen, dass die Hintertür einfacher zu öffnen ist, dann lasse ich es sein.

Das hier ist nicht mehr mein Zuhause. Ich bin nicht mehr verantwortlich für dieses Haus. Ich habe hier einstmals gelebt, aber das ist vorbei.

Die beiden Männer nicken mir zum Abschied zu, ich grüße zurück. Dann sehe ich zu, wie sie das Haus betreten und die Tür hinter sich zuziehen.

Ich lasse den Hund in den Wagen und fahre los.

Epilog

Zwei Jahre später steht das Haus wieder leer. In der Zwischenzeit haben hier Flüchtlinge gelebt, erst eine Roma-Familie, dann, dem Augenschein nach zu urteilen, Flüchtlinge aus Syrien. Nun aber sind sie alle wieder fort, die Hecke wuchert gen Himmel, die übriggebliebene Fensterlade vom Badezimmer hängt schief in den Angeln, Moos wuchert die Fassade hinauf. Das Haus, in dem meine Familie so lange gelebt hat, scheint nun endgültig dem Verfall preisgegeben.

Meine Mutter und ich waren in der Zwischenzeit einige Male hier, haben das Haus von der gegenüberliegenden Seite betrachtet, sind ein wenig auf der Wiese spazieren gegangen, einmal haben wir auch den Garten betreten. Meine Mutter hat unmittelbar damit begonnen, Unkraut aus den verwahrlosten Beeten herauszuzupfen, ein Automatismus, dem ich teil amüsiert, teils bewegt zusah, bis sie sich plötzlich aufrichtete und beschloss, dass es nun genug sei.

Und ebenso bestimmt beschloss sie bei unserem letzten Besuch, dass es nun reiche. »So, jetzt will ich hier nicht mehr herfahren. Das Kapitel ist abgeschlossen«, sagte sie, stieg wieder ins Auto und schnallte sich an. »Püsschen, komm! Wir wollen nach Hause.«

Ich folgte ihr, nach einem letzten Blick auf das Haus. Das Zuhause meiner Mutter liegt jetzt woanders.

Und meines auch.

PF 1621, D – 72006 Tübingen, Telefon: 0049 (0) 7071 66551
0049 (0) 172 7233958, office@konkursbuch.com
www.konkursbuch.com Facebook: konkursbuch.verlag
Gestaltung: Verlag. Fotografien aus dem Privatbesitz der Autorin;
Foto auf S. 179 von Jochen Stiebeling.
Gerne schicken wir Ihnen auch unser gedrucktes Gesamtverzeichnis.
ISBN-Buch: 978-3-88769-680-1 E-Book: 978-3-88769-681-8